图书在版编目（CIP）数据

洪边门 / 冉正万著. -- 桂林：广西师范大学出版社，2025.3. -- ISBN 978-7-5598-7697-3

Ⅰ. I247.7

中国国家版本馆 CIP 数据核字第 2024Y61D68 号

广西师范大学出版社出版发行

（广西桂林市五里店路 9 号　邮政编码：541004）

网址：http://www.bbtpress.com

出版人：黄轩庄

全国新华书店经销

广西广大印务有限责任公司印刷

（桂林市临桂区秧塘工业园西城大道北侧广西师范大学出版社集团有限公司创意产业园内　邮政编码：541199）

开本：787 mm × 1 092 mm　1/32

印张：9.625　　　字数：160 千

2025 年 3 月第 1 版　　2025 年 3 月第 1 次印刷

定价：46.00 元

如发现印装质量问题，影响阅读，请与出版社发行部门联系调换。

目 录

1   洪边门
61 白沙巷
87 九架炉巷
109 鲤鱼巷
131 醒狮路
155 葛　关
181 指月街
207 年代咖啡馆
235 南门桥

洪边门

一

　　走进虎门巷，感觉不对劲。街景和一个月前没什么变化，还是那些店铺，店铺里还是那些店员。米粉店门前多了两张方桌，几张小方凳，理发店门柱上贴了三张门面转让告示，白纸黑字，有死也要转出去的悲凉和坚决。这些变化不可能引起她的不适。没有她没见过的事情发生，虽已衰老，但并未痴呆，不是那种神经兮兮的老太太。她很清楚，早晚将尘归尘土归土。不再羡慕年轻人，不会因眼见之物产生情绪波动。吹毛求疵是老陈的事情，比如便民商店冰柜装的是雪糕和饮料，外侧却贴着特效蟑螂药小广告。老陈去世已经十四年,她对类似的事情向来视而不见。不是因为理性,而是因为女性。

老陈总觉得女性理解力有限,他不知道女性的理解力是弯曲的,是延展的。你在意的她漠不关心,她所思所想也不是你所能领会。不适和老陈无关,她早已习惯没有他,平时有思念也有抱怨,但此时此刻没有想他。

她背了两个包,一个平时随身的挎包,一个鼓鼓囊囊的棉布包。巷子里有几十家小吃店,炒饭、烤肉、甜品、裹卷、糕粑稀饭。儿子告诉她,年轻人喜欢来虎门巷打卡,这里小吃繁多,味道也好。有个烧烤店叫烧包,与众不同的是烤榴莲,儿子带朋友去吃过,回来说有意思,就是有点贵。她的词汇里没有"打卡"一词,理解起来却也不难。她年轻时有张好吃嘴,鲤鱼巷的葵花子,小十字的丁家脆臊,省府西路雷家豆腐圆子,护国路的肠旺面,馋劲上来,下雪下凌也要去吃了才安心。上了年纪后瘾头没那么大,听见别人说起,腮帮仍然有反应。虎门巷这些小吃偶尔也尝尝,解不了馋,不过是因为方便,一种太熟悉而升起的小小的使命感,不吃对不起这些求生活的人。她在这一带已经住了七十八年。今天什么也不想吃,馋猫也有打盹的时候,不过这与不对劲的感觉无关。

现在才三点,接孙女还有两个小时。走了十几步,四台摩托迎面而来,忙靠向路边,看见蛋包洋芋几个字,这是孙女喜欢的小吃,这才想起来不用接,孙女已经上中学,在观山湖区,寄宿制私立中学。这个棉布包就是给孙女买生活用品时超市赠送的方便袋,他们不喜欢印有广告的袋子,本想丢弃,被她留了下来。要不要买点什么?像站在电线上准备起飞的燕子,刚展开双翅,另一个想法同时冒出来:没有必要,他们又不喜欢你买的东西,千万不要自作多情。立即收起翅膀,同时收起不快,他们已经不错了,和很多晚辈比起来,他们已经很不错了。蛋包洋芋和安顺裹卷各买一份,和孙女各吃一半,这样就可吃两样小吃。这小小的快乐不再有,虽是必然却也惆怅。突然想起像孙女这么大时,吃过一种叫凉虾的美食,和虾没关系,熟米浆以漏勺筛入凉水成型,形状如虾,舀进加了蜂蜜的井花水,滑糯清爽。那时冰箱还只是个传说,凉虾清早做好,然后放水井里浸冷,正午最热时摆街边叫卖。应该还有人在做,不过她不知道哪里有。就算有,怕也不会有当年的味道了吧。这种事不能细想，细想会发现即使把当年的凉虾端来，也仍然吃不出当时的味道。味觉的渴望感满足感已跑出老远，穿越时空来到面前的凉虾再怎么恳切也不可能唤回那个长辫子女孩。

和女孩一起远去的还有旧时街景。虎门巷曾经叫猫猫巷。那时女孩还没出生，为了躲飞机丢下的炸弹，当局在洪边门和新东门之间的城墙上开了道门，以便及时疏散到城外的田坝里去。警报声响起，市民立即开跑，形同躲猫猫。在贵阳，人们把老虎叫大猫，猫和虎可相互指代。小姑娘蹦蹦跳跳玩跳海游戏时，正所谓百废待兴，猫猫巷改名虎门巷。

前面左转进入余家巷。余家巷只有一半可以出入车辆，另一半只有三尺宽，一面是砖房，一面是堡坎。再往前，胡同更窄，从楼房下穿过，胆小和不熟悉此地的人走进去会感到害怕。这么一来，余家巷远比虎门巷清净。巷子里店铺也少，出口附近有个小馆子叫连锅端，再往前是终日忙碌的废品收购站。

任何时候走进余家巷，她都会感到轻松，每块砖每块石板和屋檐都是熟悉的。虽然屋檐越来越少，拔地而起的立面墙越来越多越来越高。每次离开的时间不长，走得也不远，走进余家巷却抑制不住游子回到故乡的喜悦。在这里生活的七十多年里，不是同一套房子，住过的已消失的房子相距几十米几百米，现在这栋于三十年前原址起建，搬进去时感觉住在原来的房子上面，踏实。她不关心自己是不是住得最久的人，哪些人已经搬走、搬到了何处。她唯一担心的是拆迁，当儿子遗憾地说不拆了，政府决定对背街小巷只做升级改造，全家就她一个人高兴。除了余家巷，她哪里也不想去。老陈在世时说，能去哪里呀，直接去火葬场。有一天他摔了一跤，如愿以偿，墙上画了圆圈的"拆"字没来得及实施他就去了宝福山。

不走虎门巷，直接从普陀路进来要近得多。孙女不喜欢黑胡同，她也不喜欢。迁就孙女会让她感到幸福，这一点和她的父母解释不清，他们永远不懂。她解释过一次后再也不解释，对他们的抱怨阳奉阴违暗中抵制。没有被宠坏的孩子，只有无人宠又无人教不知道如何处世的孩子。她可以骄傲地站在阳台上宣布：指责馋嘴姑娘不会有好下场毫无根据，没有好下场主要是两个原因，一是丑二是蠢。当然，宣布的时候最好不要有听众。人到这年纪，才知道不是什么话都有必要说出来。

余家巷三十四号,到了。她停下来,多少有点紧张地看了看周围。路面和墙都已改造过,崭新的颜色还不熟悉不习惯,似曾相识的情景里隐藏的陌生让她想起远房表姐的表情。表姐进城来,她给她买了件新衣服,她觉得合身,表姐却手足无措,好像那不是一件衣服,而是会暴露她身体的透视装,让她如芒在背。原地转了一圈,高处的颜色没有变,一如既往的安静。她像表姐换回旧衣服一样不再拘束。

巷子所在高度并非第一层,楼房一至二层从另外一个方向进,那是商业用房。住户一楼其实是三楼。步梯夹在两面墙之间,宽一米左右,直上,三十级。今天背了两个包,看清楚没人下来再往上爬,不能像平时那样遇到人侧身背靠背。大楼修好后原住户回迁,有人对这段楼梯深恶痛绝,在第一时间逃离。第一时间是各自的第一时间,视财力而定。有人几个月,有人十年,有人等了二十年。她有时也感到不耐烦。雨天或有急事以半步爬行,一只脚先上去像老陈一样煞有介事,等着左顾右盼的第二只脚爬上来。这不是两只脚,是两个齐心协力带她上楼的小矮人。和孙女一起时乐趣更多,孙女把这段楼梯叫天梯,她要么扶着她叫她慢点慢点,要么冲上去躲在墙后小小地吓她一跳。祖孙俩对这个游戏乐此不疲。

左墙上有不锈钢管悬空扶手,很少有人使用,大概是嫌脏。有灰时嫌灰,没灰时担心细菌,陌生人留在上面的细菌。要爬完十五步才能摸到钉在墙上的扶手。和孙女一起时,她等她抓住扶手再加速。最近左手麻木得厉害,摸着扶手使不上劲,换成右手,把身体侧成四十五度,有点像患腿疾的人走路,不过不比平时慢多少。为什么不在右边也安装一根扶手?这个问题她连想都不去想。老陈遇到此情此景不但会想,还会抱怨会去找有关部门。想这些干什么呢,又不能解决问题。老陈说她妇人之见。她很少反驳,偶尔反驳,仅仅提高声音重复说过多次的那句话:我本来就是妇人,难道你要我变成男人。老陈说这是废话。她从不觉得自己说的是废话,也不是良言,就是说话而已。赋日子以希望,以话唠解寂寞。老陈总是试图改变她的想法,她则总是跟着自个的念头走。老陈指着某个东西告诉她,她要找的东西在那里,她不看老陈的手指,眼睛在别处寻找,嘴里说"哪里呀,我怎么没看见"。老陈有时疾首蹙额有时哭笑不得有时干脆不管。

终于爬到孙女命名的"天上"。儿子反对她们这样叫,不吉利,不能叫上天只能叫上楼。那天到来时,是去天上还是地下?老陈似乎没去天上也没到地下,她多次梦见他走在回家路上,鼓捣电视机什么的。感觉没有天上也没有地下。只有人间。

再次将两个包换肩,换好后从小包里掏钥匙。闭着眼睛往深处抠,睁大眼睛在隔层里寻找,重复两遍后把包里的东西拣出来放地上。没有。把大包里的东西也拿出来,像摆地摊一样码成一排。最重要的是老陈的遗像,放下去时倒扣在地上,不是遗像上的人怕光,是不希望外人再对他指手画脚。三个苹果,一把香,两支烛,一沓纸钱,一盒桃片糕。就这些了。多么希望听到唏唆一声,磨得锃亮的钥匙掉出来。

没有。将两个包底朝天抖了又抖,没有。心跳加快,头晕。清楚地记得从女婿家出来时把钥匙装进包里了的呀。女婿不上班,在家写电影剧本。想打电话问又觉得不便打扰。半路上丢了,还是忘在别的地方?老陈在就好了,哪怕被骂也会出一个有用的主意。现在,她不知道如何是好。想起小时候被顽劣男孩拔掉翅膀的昆虫,越想飞越沮丧。唯一的办法是沿原路返回,去经过的路上寻找，路上找不到得去女婿家，在睡过的床头上，床下面，床头柜上，抽屉里，以及厨房，垃圾桶，全都仔细找一遍。女婿家在黔灵西路，不远不近，她走需要七十分钟。来去两个多小时膝盖肯定会痛，没办法，这是自作自受，哪叫你丢三落四。总觉得年纪越大忘性越大，其实这是伴随一生的事项而不是事故，是活着的情景而不是境况。小时候丢过铅笔、钢笔、本子，年轻时丢过鞋子、袜子、衣服，上了年纪后丢失的东西并不多，每丢一次心疼懊悔的程度却反超从前。越来越顾惜东西了吗？也不是。大概和逝去的日子有关，这些日子不是有意被丢弃，是像财产被小偷顺走。或者反过来说，日子一成不变，被丢弃的其实是人，无论年纪大小。

听见脚步声，赶忙将东西放回去，不能又丢钥匙又丢人。一个帅气的年轻人从楼上下来，问她要不要帮助。她害臊地拒绝并道谢。

背着两个包走那么远有点犯难，放在这里又怕被人顺手牵羊。想了想觉得没什么贵重东西，放到门口去，空手来去不仅快些，也便于寻找。遗像取出来单独放，真有贪小便宜的人不至于连遗像也拿走。焦虑慢慢平息，心情大为好转。即使早已被叫作老人家，也不能把自己当成糊里糊涂的老太太嘛。想好就行动，两只脚仍然是两个小矮人，不用一个等一个，欢愉地把她带到家门口。

这是她一个人的家。从木瓦房搬进楼房，是她和老陈以及孩子们的家。二十世纪九十年代初期，有关单位以集资房的名义修建了这栋楼房。她第一次住上带卫生间的房子。在此之前，厕所离家一百五十米远，冬天雨天苦不堪言。风趣的人由此创作了一句歇后语：茅厕板上摔跤——离死（屎）不远。用以讥讽自作自受死有余辜的坏人。住进带卫生间的楼房，不但解决了上厕所的烦恼，还提升了社会地位。后来的人无法理解平房与楼房的差别，也无法理解她对这套房子的感情。她是原单位少数首批搬进楼房的人，嫉妒羡慕的人说，她么，当然会搬进来，她是豆腐西施嘛。她没像平时那样回嘴，换成自己也会抱怨甚至诅咒。

已经住了四十多年。平时往来少，城市变化又大，当初不满的人大多不知搬到何处，再没人知道她年轻时叫豆腐西施。儿子说趁余家巷改造，重新装修一下，之前的还是2003年装修的，墙壁脏且剥落，电源插座龇牙咧嘴，最不忍目睹的是厨房，藏污纳垢成了蟑螂乐园。她不同意，已经住惯，再说还能住几年？他们的父亲去世后，她的话不再有分量，他们以赡养和爱的名义替她做主，有时问她想吃什么，她一时回答不上来，有种被逼到墙角的尴尬。他们鼓励她说，没关系，想吃什么都行，越是这样她越不知道吃什么好。

房子装好后晾了半个月，今天搬回来。过道刷过漆，门也换过了。她放包之前看了门一眼，没料到门突然说话：人脸识别成功，欢迎回家。小小地吓了一跳，以为和自己无关，继续放东西。还没放好，儿媳笑吟吟地拉开门：妈回来了。

儿子也走过来，得意地看着她。焕然一新，所有东西颜色和位置都没变，一点也不觉得陌生。

"怎么样？喜欢吗？"儿媳问。

"喜……喜欢，喜欢。我着急进不了门，忘了钥匙，哪晓得门一下开了。"

"锁换了，这个更方便，不用钥匙。你要不要再试试？"

放好东西后想起来，装修时已把钥匙给了装修师傅。换锁时，他们通过手机视频进行了认证设置。

儿子和儿媳带她看房间。她看不出好坏,感觉无可挑剔。除了客厅,一间卧室,一间客房。客房面积只有九平方米。儿子叫她放心,材料都是精心挑选的环保产品。她说好好好。她对环保与否没概念。不对劲的感觉再次袭上心头,真实、具体,虽然她仍然没搞清楚到底哪里不对劲。

把老陈的遗像拿出来,正要去挂,儿媳把凳子和遗像抢过去。

"妈,我来挂。"

还有苹果纸钱香烛。儿媳已从凳子上跳下来。像去乡下吃饭担心不卫生一样把包拿过去放到一边。刚放下又拿起来,怕她不听话似的放进柜子。

"妈,我已经全部准备好了。"

儿媳准备的也是苹果香烛纸钱,还有一束白菊花。她买的两支烛是红色的,以竹签为芯。香是菜市上那种朽木香。儿媳买的是两支棉线为芯的白蜡烛,香是精致的无芯檀香。她买的纸是传统的糙纸,以钱錾打出象征铜钱的半圆孔。儿媳买的是印刷品,金额极大,仿佛阴间通货膨胀已到以亿为基本单位的地步。一眼就看出代差。儿媳以前就为此和她讨论过,她买的香烛纸钱味道重,污染大。她承认她是对的,却又总是觉得用她买的更"灵验"。何为灵验,哪里灵验,却又说不清楚。

这是装修好后请老陈回家。老陈不一定在遗像里,但这种事只可做不可追问。孙女上中学后不再和她住在一起,没有这个仪式会让人觉得只有她一个人,做了感觉是两个人,或者1.1个人。这是孙女说的,爷爷现在是0.1。

摆好苹果和菊花后,儿媳没找到火机,用烛去灶上点火,再以烛点燃香和纸。她看见了,欲言又止。看见她连桃片糕也没摆上去,她打消了上前一起烧纸的念头。小时候,大人告诉她,在哪里烧纸就在哪里点火,不能在灶上点,从灶上点成了给灶神菩萨烧香。灶神菩萨是家里职位最低的一个神,极小气,谁在灶上点香就认为是在给自己烧。找不到洋火也要用葵花秆点燃后再来点香烛。那时还是柴灶,灶门上插了一束高粱,烧火时高粱不断点头。据说那就是灶神。家里有人痄腮(腮腺炎),把高粱穗取下来,在肿胀的腮帮上比画一下再插上去,让烟把痄腮熏掉。全家人都不怎么喜欢灶神,总觉得它过于小气,动不动就上天告状。这种不喜欢还不能在家里说,只能在屋檐之外的地方说,以免灶神听见。

燃气灶也换过了,灶神还没来吧。她想。这种灶怕是用多久都不会有灶神,它没地方可住嘛。

二

那些因为打仗或搞建设留在贵阳的外地人,要在这里生活二十年以上才能习惯贵阳的雨。白天下晚上下,睡觉时下醒来还在下,连续不停超过二十四小时,断断续续则有可能超过半个月。街上腐烂了一半的女贞树长出木耳,可以吃,但摘的人不多,炒木耳费油。每个月定量供应的菜油必须计划好,否则会遭遇没一滴油,只能把锅烧红炒红锅菜。都尝过红锅爆炒蔬菜的尴尬和苦恼。没一滴油的红锅菜有多难吃,吃过木炭和木头渣的人才知道。

厂长赶着马车,把两吨黄豆从粮站运到豆腐厂。他曾是某首长的警卫员,离开部队后来洪边门市场管委会当副主任。豆腐厂开办后当厂长兼车夫。他特别恨雨下个不停,把它们比作"苏修特务鬼子兵破坏分子流氓"雨,下多久骂多久。他从不骂雨是反革命。他曾经的首长年轻时参加过有敌方领导人在场的一个会,档案审查发现后被打成反革命,发回原籍劳动改造,等平反还得有好几年。豆腐厂没人知道这事,也没听出他没把雨打成反革命,这是他的福气,被注意到可就麻烦了。

这种雨一般发生在春天和秋天,像没有脾气的人自暴自弃,也像失去了一切的人决定死磕到底。

从粮站出来就开始下雨,粮包湿透,抬起来又滑又重,被叫去抬粮包的人怨气冲天。黄豆不怕湿,磨豆腐前还要用水泡呢,烦的是粮包淋湿后又滑又重。磨豆腐的磨是小磨,用细砂岩刻凿,细研出的浆水细腻饱满。磨苞谷的磨是大磨,用石灰岩作磨盘,只能磨干料,以蛮力碾压,让苞谷籽变成苞谷沙。《地藏经》里提到的碓磨锯凿大概就是这种磨,推动时轰隆声如天雷滚滚。

豆腐厂有二十盘小磨,一盘大磨。大磨是研学器材,黄豆比较贵重,他们用蚕豆白豆红薯反复实验,希望能用比黄豆便宜的材料做豆腐,即使不能单独做,掺部分黄豆行不行?"事在人为,人定胜天"嘛,何况还要节约闹革命。这些东西不能直接磨浆,得先磨碎,特别是蚕豆,简直是豆类中的顽固分子,哗啦全部倒进磨眼,又硬又滑,蹦蹦跳跳出来毫发无损。得每推一转丢三粒，大磨转动的速度不能快不能慢。磨蚕豆必须是上了年纪有耐性的人。双手推出身体前倾得前半圈，翘起前脚身体后仰得后半圈。一倾一仰既是阴阳也是生活，看似磨洋工，其实是允执其中恰到好处。动作重复单调，嘴上故事却精彩纷呈。和农村老汉总是重复老故事不同，他们都在洪边门一带生活过，也顽劣也害怕，也狡黠也义气，有的还赶过马帮跑过江湖，大磨轰隆声也盖不住他们不时爆发出的笑声。其中一个在杨森府上干过活。那是1944年到1948年，杨森来贵州当省主席，住在洪边门别墅。杨森把十二个小老婆编成一个排，让她们每天在院子里跳操、跑步，笑声和身影搞得年轻士兵心神不定。

豆腐厂曾用此大磨进行过文体比赛，看谁耐力好，看谁在规定时间推的圈数多，奖品是两块豆腐。没经验的人扭胯耸肩，大磨一动不动。不知道要把磨扁担搬到左上角，轻轻拉动，匀速用力，利用惯性转过直线再向前推。石磨以逆时针方向旋转。有人研究后说是因为地球自转，逆时针旋转省力。这过于宏大，石磨在几千年前发明出来时，石匠哪知道脚下的土地往哪个方向转，这不过是照顾大多数习惯用右手的人添磨方便。

推小磨的多是女工,小磨直径小,前踮后仰的幅度不大,长辫子在腰上摔打,用手绢将两根辫子扎一下,既好看又不会乱跳。两个推拉一个添,豆浆像奶一样淌进磨槽。往磨眼添黄豆的人需眼疾手快,否则木勺会被磨钩打飞。打飞一次以旷工一天计。厂长要求她们"团结紧张,严肃活泼",不准推撒气斗气磨。

生豆浆倒进大铁锅。豆腐厂有八十口大锅,闻不到豆腥味后开始加卤水或石膏,也可用泡酸菜的酸汤代替。边加边退火,豆浆降温后变成豆腐脑。把豆腐脑舀进垫了白布的豆腐箱,搬石头压上去,挤出大部分卤水,留在箱子里的就是方方正正的豆腐。压豆腐箱的石头是从贯城河里捡来的鹅卵石,每只角压一块,正中间压一块,每块重达十余斤。每天抱上抱下,已抱出包浆。不沾水都滑,沾上水更滑,但从没有人因为搬石头压豆腐箱砸了自己的脚。豆腐厂有两千多块圆彪彪的压箱石,犹如两千多块元宝,是豆腐厂唯一能够保存下去的财富,只是无人知晓,知晓时已不知去向。为了区分不同的生产小组,在各自的石头上刻上记号,大多刻中文数字,有个来豆腐厂劳动的人忍不住炫技,刻上花草或诗句。被豆浆和汗水浸泡,被手掌反复摩挲,诡形殊状煞是可爱。

豆浆在大铁锅里煮开后热气腾腾,香味扑鼻,并且穿街过巷,在城墙里的门窗前缭绕,胜过所有的花香和副食品店的糖果香。冠生园的月饼和广寒宫的糕点也香,但生产量小,多数人只闻其名,不知道这些神秘的东西最终去了何处。

白豆腐和豆腐渣都要凭票购买,面值一斤的豆腐票可买一斤白豆腐,不买白豆腐可买三斤豆腐渣。酸菜切碎和豆腐渣一起炒,加几节蒜段,能把粗粮做的饭多送一碗到饭袋里去。尴尬的是比炒木耳更费油。油是君料,其他都是臣料。节约油的做法是加糯米粉拌槐花蒸来吃,没有糯米粉可以用其他粉代替,其他粉没有那就不用。但这要槐树开花期间才行,槐树不可能因为你没油月月开花。

粮包抬完,雨不再下,阳光像开闸一样哗啦来到地上,光线射到哪里,哪里就像中箭一样颤抖。厂长又把雨骂了一顿,这雨确实有点流氓,早不停晚不停,粮包抬完马上停。

院子里有棵核桃树,厂长亲自监督,命令两个工人把核桃打下来。还没完全熟,晚上要在院子里放电影,不把核桃打下来，等电影放完，核桃也会像银幕上的人一样不知去向。厂长认为核桃树属于国家财产，核桃去掉青皮后晒干交供销社。大家希望平分，但没人敢当面说出来。厂长容不得任何反对意见，他的话就是法律就是厂规。打完核桃，厂长去贯城河洗被雨淋湿的衣服。豆腐厂离贯城河只有几十米远，把豆腐厂建在这里就是为了取水排水方便。厂长当兵以前是个孤儿，一件衣服也没有，只有腰上一块布片。现在他有两套衣服，他很满意，从不要别人帮他洗。厂里女工多，看在他没女人的分上想帮他洗，他咄咄逼人地拒绝。他已四十出头，没人知道他为什么还不结婚。

厂长去洗衣服时命令三个人把核桃挑到河边，用拐杵在竹筐里舂戳，把外皮舂下来，让河水带走。他必须亲自监督，以免有人偷嘴。核桃外囊皮以最快的速度发黑，整条河很快流出浩浩荡荡的黑色。在下游挑水的人会咒骂，但豆腐厂的人想不出更好的去皮办法。那时没人管河水污染与否，河水很快干净如初，没法引领人们去思考这个问题，鲜鱼捕上来后拣大条的以柳条穿挂拎着叫卖，小的丢进贯城河让其长大。二十余年后，河流污染让人大伤脑筋，经过十余年整治终于清澈，水量一年比一年小，鱼虾也回来了，隐隐约约在水潭里穿梭，但没人想要吃它们。

核桃洗好后放到厂长办公室兼宿舍门口，门口有一个大灶，他要亲自用文火把核桃烘干。再怎么香也不偷吃，以此锤炼意志。

如果核桃和电影只能选一样，大家宁愿选择电影。厂长是全厂最不喜欢看电影的人。据说他第一次看电影，看见坏人逃跑，当即掏出手枪射击，把银幕打出两个洞，坏人毫发无损。从这以后再也不看电影。"鬼头倒把的，有什么看头。"

"鬼头倒把"是他学会并常用的贵阳方言，原指长得丑，渐指鬼点子多，不靠谱。别人看电影，他烘核桃。

核桃不能分，锅巴可以分。豆浆富含蛋白质，遇高温容易煳。每锅豆浆煮熟，都会留下一层焦黄甚至焦煳的锅巴。这世上有种"技术"不用任何人教，凭小聪明就能学会，这就是自私自利。烧猛火，豆浆故意不舀干净，都可提高锅巴产量。每天铲两次，一个月就把铁锅铲出洞来。买铁锅是豆腐厂最大的一笔开销。

三组负责劈柴和烧火的工人参与洗核桃回来，分锅巴时发现比平时少,和组长吵了起来。组长觉得冤,把自己那份砸他脸上。一人拿大铲,一人拿吹火筒,眼看战争要升级。罗夏乐走过来,笑盈盈地说,不要打不要打,晚上还要看电影呢。"我饭量小,我的锅巴你们哪个要就拿去吧。"

其他人跟着劝:"不要打不要打,不能让厂长知道我们为分锅巴打架,他要是知道,怕是没得分。"

他确实说过,谁故意制造锅巴被他发现,就要将锅巴交公。

罗夏乐是豆腐厂的名人,厂里叫她小罗或小乐乐。来买豆腐的人叫她豆腐西施。又漂亮又热情,用所有评价年轻女性的好词来形容她都不过分。罗夏乐是会计兼收银员,主要负责收豆腐票。她的笑声她的容貌是一道光,不但深入人心,还让豆腐厂有种隐秘的吸引力。买豆腐的人中结了婚的男人都想要她,同时却又想,幸好没娶她,她太漂亮了,会给自己带来不幸。没结婚的男人则愿意献出一切,只要能够得到她。买豆腐的男人中没结婚的极少,年轻人偶尔露面不过是替父母来买豆腐。结了婚的女人也觉得她很好,很不错,希望她有个好归宿。没结婚来买豆腐的女孩几乎没有,豆腐的隐喻让家长打消支使她们的念头。

最近几个月，敏感的人看出来，罗夏乐喜欢上一个叫挺竿的人。不知道名字，见他又高又瘦，给他取了个标志明显又平凡的绰号。挺竿在别处叫捅竿、挺杖，杀猪时从后脚捅出几条直达耳朵的皮下孔道，以便吹胀拔毛。叫他挺竿不仅因为高和瘦，还因衣服上总是有油漆，虽然不是猪油。经几个聪明人指点，除了厂长，大家都看出来了。只要挺竿出现，小乐乐就会手忙脚乱，悄悄多给他一片豆腐或事先捏成团的豆腐渣。挺竿和大多数年轻人一样，不敢多看罗夏乐一眼，像耗子看猫一样躲闪。罗夏乐有时吃吃笑，有时像母亲疼爱孩子似的看他一眼。核桃树开花时，她在双水巷看见挺竿在墙上打格子，当时没在意，几天后，铺满整面墙的宣传画让她无比震惊。几枝怒放的桃花从画外挺进画面，正中是吹笛子的妇女和看报纸的孩子，旁边有鲜红的拖拉机，大片丰收的田野，远山后面冒烟的火车。他是怎么做到的？只要这么一想，她有种不切实际的想法，他不是人，他是神笔马良。她读过的课文中，说到的画家她只记得马良。他不过是将画报上的画照搬到墙上，她不管这个，油彩的光亮让她除了崇拜还有莫名其妙的骄傲。

没人愿意和厂长聊这种事,他正直,一本正经,不喜欢闲聊。他对谁都没好脸色,仿佛这些人全是贼,除了罗夏乐。无论是看见她的身影,还是只听见她的声音,他都像一块冰被突然放到烈日下,来不及融化,瞬间急剧升温,只升那么一点就已将他烧糊涂。瞬间升温过去后化成一摊水,哪里也去不了。这让他无比痛苦。

豆腐平时五点排队开卖。由于当晚有电影,提前了一个小时。不用贴告示,也不用大喇叭通知,告知任何一个路过豆腐厂的人,他会像百舌鸟一样把消息传向四面八方。豆腐的重要性没有人敢忽略。果然,四点一到,环城北路排起见首不见尾的队伍。豆腐票和钱同时递上,不设找零。豆腐票一个月四张,印有红字"最高指示:发展经济、保证供给"和"云岩区副食品公司"字样及红色公章。绿字内容为"豆腐票,撕角作废,壹市斤,当月有效"。钱是一角,硬币或纸钞。

罗夏乐负责撕豆腐票,撕掉后丢进垃圾桶。另一位出纳收钱,两位师傅给市民取豆腐。豆腐早已切好,方方正正,每块一样大。讲究点的会带个碗或盘子,不讲究的摊开手掌托着也行。豆腐渣在另外一边,现称现卖。买豆腐渣虽然慢,但排队的人少。这是人口多的家庭不得已的选择，过节吃豆腐，闲时吃豆腐渣。

挺竿在排队人群中，低头看着别处，就是不看豆腐厂，嫌自己身材太高似的不时驼一下背。罗夏乐老远就看见了他，目光像软软的鞭子一样不时抽他一鞭。撕票时不再翘兰花指，猫似的收起爪子，报数的声音有点心不在焉。不是所有人都只有一张豆腐票，有人两张，有人三张，至于它们从何而来，那是或节省或狡猾或心酸令人隐隐作痛的故事。

抽了几十鞭后，她平静下来。心想今天一定要知道他住在哪里，叫什么名字。果敢的性格来自祖父。贵州军阀周西成在镇宁县公鸡岭战死那年，也是政府"废止中医"那年，罗夏乐的祖父毅然关掉祖上传下来的罗记生药铺，去东山挖煤以示抗议。当时政府决定"废止旧医以扫除医事卫生之障碍案"。规定现有之中医，由卫生部门实行登记，除了年满五十岁而且行医二十年以上者，其他人必须重新学医，并且不准接诊传染病，禁止登报介绍中医及开设中医学校。罗夏乐的祖父说，去你娘的屎，老子宁愿去挖煤。倒也不是当煤矿工人，是开了个煤厂当老板。从1929年挖到抗战全面爆发，不挖了，留下一个地名：煤矿村。

罗夏乐是爷爷带大的，父亲在她三岁时去朝鲜打仗，牺牲在洪川。爷爷说，谁要是看上我家罗夏乐，得知道自己皮子有多糙多厚才行。他从小教孙女：遇到男生欺负给我打，打不赢不要哭，回家来叫我去帮忙。他哪里知道，罗夏乐自从看上挺竿后，满脑子都是他的身影，想到他苍白的脸和英俊的五官，他最轻微的动作都撩人心弦，他那逸出整体斜挂在额头上的一绺头发都让她觉得生动，愿意为他付出一切，他不需要抗打，只要允许她不时为他做点什么就行。

最先来到豆腐厂的是孩子，靠墙推拥：挤油渣、挤油渣，挤出油来炸粑粑。或者盘腿打丁拐：城门城门几丈高，三十六丈高，骑白马，过山腰，走进城门砍一刀。不知其意，只知道有快乐，喊起来又顺口又有节奏感。

挺竿和平时一样恍若梦游。厂长平时不来这边，这不需要监督。这天却突然驾到，身后还跟着两个公安。怎么了，吃豆腐也犯法吗？众人正疑惑。厂长径直走到挺竿面前，对公安说：就是他。公安把挺竿从队伍里一把揪出来，他一点也没反抗，在几百双既恐惧又惊讶还有庆幸的目光里，被公安押出现场。

很快大家就明白是怎么回事。电影开演之前进行了短暂的批斗会。厂长不识字，也不会讲话，他首先发言：这个这个，这个坏分子。踢了挺竿一脚。

区里面来的干部拿起喇叭带领大家喊了三遍口号，然后才开始正式发言。原来，厂长暗中观察，发现挺竿每个月都比别人多买两次豆腐。而他家里，就他和他母亲两个人，三个姐姐已出嫁。他家的豆腐票不应该比别人多。厂长从废票里找到挺竿的豆腐票，发现了假票，是他自己画出来的。刚才厂长和公安去了他家，已搜出作案工具和还没画完的豆腐票。

群情激愤，是可忍孰不可忍。弄虚作假占国家便宜，这种人一定要严惩不贷。观众除了愤怒还有兴奋，相当于既得戏看又得电影看。挺竿被送到中八农场，三年。他们这才知道他姓陈，很有画画天赋。

厂长是怎么发现挺竿的呢？只要挺竿来买豆腐，他就将撕过的废票拿去检查、比对，发现其中一张只撕掉一小只角，舍不得撕掉似的。这让他嫉妒，并没发现问题。直到有一天，这张废票掉在水里，公章和红字洇开红成一片，才知道这是红墨水，不含印油。

罗夏乐受到的打击是巨大的，当天晚上的电影都没看，回家饭也没吃，哭到天亮。第二天来上班，脸肿得像熟透的水蜜桃，一戳即破。

出乎全厂职工预料，厂长这次没把核桃上交给供销社而是平分给大家。他想把自己那份送给罗夏乐，不想当着大家的面，又没等到只有罗夏乐一个人的机会，放了几个月，被老鼠或拖走或咬碎，他发现时已所剩无几。

分掉核桃后，不知是因为心存感激，还是厂长想继续对大家好，他们对他评价有所转变，而他的表情也比过去和善了些。

又一年核桃树开花结果，街边出现豆腐摊蔬菜摊，遮遮掩掩，打一枪换一个地方。开始还有人管，几个月后居然放任自流，让他们在洪边门形成了一个不大不小的菜市。变化之快和变化之大让人始料未及。菜市上的豆腐每斤比豆腐厂的贵两分钱，但不要豆腐票。厂里人看不出这意味着什么，不敢确认这么下去是好是坏。有人还在犹豫，也有人上班时间在单位上做豆腐，下班后在家里做豆腐，做好后让家属拿到菜市上去卖。厂长很生气，到区里面告了他们一状，要求给予严厉处分。接待他的领导说，这不好办哪，他们又没犯法。让他气不打一处来的事情不止一桩。核桃还没完全熟就被人偷了个精光，他听见动静后准备出去打强盗，发现门从外面拴死了。等他吼叫着砸开门冲到核桃树下，只见一地树枝和树叶，核桃只有树梢上还有几十个，孤零零地垂挂着，表明它们长得很努力，但无力保护自己。

罗夏乐已从悲痛中恢复过来，在得知挺竿要三年后才能回来那天起，她就决定等他。她被点醒一般，知道自己第一次看到那幅大画时，骄傲感的来源不过是一种决心，无论发生什么事，她都会爱他，顺从他奉献给他。从这天起，她全心全意寄希望于这份骄傲，看任何电影都觉得是为她拍的，是在鼓励她支持她，绚烂的花朵在为她鼓掌，温暖的阳光在给她鼓劲，和煦的风在给她传送好消息。

豆腐产量不得不一减再减，不完全是因为私自做豆腐的人越来越多，而是除了豆腐，其他东西也多起来，人们可以有多种选择，不再需要那么多豆腐。

不过，和这些变化所引起的让上了年纪的人感到难以适应的事情比起来，罗夏乐的"上海头"更加让人吃不消，震惊之余，不得不承认变化实在太大。

罗夏乐的头发以前也不长，有时编成独辫，有时编成双辫,突然一下剪成"上海头",不仅仅是头式的变化,也是她生活的变化。她就要结婚了。

第一次,豆腐厂无论男女都对她嗤之以鼻。结婚当然可以,但是,那么多男人,为什么偏偏要嫁给挺竿,他毕竟劳改过呀。虽然他在农场学会做皮鞋,回来后把家改成作坊,边卖边做,他做的皮鞋比合作社和百货商店的便宜一半,自然供不应求。

何必,再说,万一,你这是,唉。

在多数情况下,天气都会配合故事发生发展,有时还会像盐一样起到关键作用。只有少数时候例外。这天全世界都没什么大事发生,如果非要找一件事来记述,勉强可以将托福考试列进去。这一天,托福试卷首次飞越大洋抵达北京,因为担心国产铅笔质量不达标,影响机器判卷,考试答题所用的铅笔、橡皮、转笔刀一同运来。绝大多数国人不知道托福是什么意思,还以为是"托你的福"这句客气话的简版。贵阳洪边门一带更是没任何异样,黑瓦房上阳光温暖可人,风也轻柔,自然界里的一切无可挑剔。豆腐厂深处突然响起凄凉的哭声,从哭声飞出的地方知道,是厂长一个人在哭。无人知道他是在为即将停产的豆腐厂,还是为成为别人新娘的罗夏乐哭。哭声穿云裂帛直冲云霄，让本来就有点空荡的豆腐厂更加空荡，让听见的人情不自禁跟着流泪。

豆腐厂像生病的人一样日渐消瘦，心有戚戚焉也不得不撤除。豆腐西施罗夏乐从人们记忆里消失则是另外一回事。街边菜市越来越繁荣，可以自主选择的人似乎不再关心她去了哪里。其实她仍然在洪边门。那个周身艺术细胞让她感到惊艳甚至眩晕的年轻人不见了，她有点失望地叫他老陈，老陈带来的财富却又让她欲罢不能，只过了两年，她就比以前胖了三十斤。又过了几年，不少人怀念起老豆腐的纯正清香，觉得豆腐厂的豆腐比菜市上任何一个人的豆腐都好吃，同时也知道不可能恢复豆腐厂，只好将豆腐厂所在巷子取名豆腐巷。

三

枇杷花是一种傻里傻气的花，秋天一到就伸出毛茸茸的圆锥状花序，然后缓慢绽放，一直开到第二年春天，花期长达四五个月。六广门外山坡上，枇杷树夹在桑树之间自生自灭，有时还因挡住桑树阳光或占地太宽被砍伐，果实没人喜欢，随它给鸟吃给松鼠吃，只有感冒发烧时会摘叶尖或花苞去煎水，或砍树条去做把柄，做秤杆，刻印章，枇杷木均匀细硬，适于旋、刻、车、雕。用量太小，野生野长都用不完，多到贱。桑树由官方主导种植，砍三株以上都需申报说明原因，枇杷树哪敢和它相提并论，那份傻气不是装傻，是不得不傻。

郎中罗用敬将小背篓挂在树杈上，并不急于去剪枇杷花，也不看别处，娴熟地掏出鼻烟壶，挖了一大勺放指头上，像抹膏药一样抹到鼻孔下面，片刻之后，面部极快地收缩、扩张、扭曲、又丑又怪，直到打出一个惊天动地的大喷嚏和一个绵长无力的小喷嚏，表情这才复原，重生一般打量这个世界，他并不丑，是一位五官端正的白面郎中。在他眼里，枇杷和桑树以及万物都是有用之物，没有贵贱之分，至于怎么用，是作为以天伦定人伦的人穷尽一切去领悟去识别，而不是由万物自我标榜的。

枇杷树不高，适合站在地上剪花。一般人只知道枇杷花治伤风感冒和咳嗽，不知道晒干后可代茶饮，有润喉润肺功能，茶汤纯正剔透，气味清香，可观可嗅。加少许蜂蜜或冰糖风味更佳。

剪了十几枝，感觉脚下软绵绵的，似乎踩到一团生肉，又剪了两枝放进背篓，发现踩住一只巨大的癞蛤蟆。没被吓一跳，只有轻微的恶心。"都开始打霜了还不钻土。"背起背篓另选一株。"癞蛤蟆钻土是为了活下去，人钻土却再也回不来。"有点惆怅，少时听过一个传说，人到六十岁时，用还魂草洗澡，然后倒扣在柏木做的黄桶里面，经历七七四十九天，皮肤开裂脱落，出来后皮肤像婴儿那样细嫩，可以再活六十年。只是开裂脱皮过程极其痛苦，多数人因忍受不了而放弃。当时暗自发誓无论怎么痛都要挺住，决不放弃。已走到另一株枇杷树下，预先看了看树脚，"撞鬼了，"枯草里真有一只，"不剪了，改天再来。"少年时特别怕死，现在不怕了。真有那个黄桶，也不想进去蜕皮，和痛比起来，死没那么可怕。正准备去漆园，看看黔西来的采漆工采了多少生漆。秋天的生漆比夏天的好，水分少，酽浓地道。这时有个急促的声音喊他：

"先生、先生，郎中先生。"

走近了，是个十几岁的年轻人，眉清目秀。

"先生，请你去我家一趟。"

罗用敬感觉似曾相识，但没具体印象。来叫他看病的人常给他这种错觉，即使从没见过也仿佛之前已见过。年轻人喘息未定,泪眼迷蒙。

"你家哪个病了呀?"

"我爹回来了,他的肩在流脓。"

"你爹叫什么名字?"

"我不晓得啊先生,我只晓得他是我爹。"

"你叫什么名字?"

"先生,我叫陈少良。"

"你家住哪里?"

"鲜鱼巷。"

罗用敬将辫子盘在脖子上再背背篓,以免快走时辫子被背篓夹扯。少年抢步上前拿起背篓替他背。倒也不重,相当于空背篓。走进六广门,守城门的哨长不看他们,像挖祖坟一样挖着鼻烟壶,里面烟屑早被挖尽,耳勺刮得内壁嗞嘎响,陶制的烟壶忍无可忍的尖叫特别刺耳。罗用敬掏出自己的递给他。

"来嘛,用这个嘛。"

哨长来不及道谢,一把抓过去挖一大勺抹在鼻孔下面,等烟末像炸药一样点燃,在鼻腔里舒服地放了一炮,这才满足地把鼻烟壶还给罗用敬,以熟人间的感激抱怨道:

"妈的个私。"意思是没料到自己的鼻烟壶这么空。

罗用敬看出少年的着急和小小的不满，不高兴地想，我又不是你的御医。从六广门到鲜鱼巷一里半路程，甩开大步走只要半炷香时间。菜园和房舍很安静，在柿子树上啄柿子的乌鸦也很安静，熟透的柿子让乌鸦无法像平时那样边吃边呱呱叫。

看到少年的父亲，这位扛着死神从广州回到贵阳的外委把总，罗用敬惊呆了。他的右肩被子弹穿透，没及时医治已经化脓，比烂鱼烂虾还难闻。胸前和手臂上的皮肤受此影响正在变硬变黑。我的老天爷，见过各种病人的郎中难受地想，扣在黄桶里蜕皮怕也没这么痛。他这皮蜕不下来了，他没法让他重新变成一个鲜亮的年轻人。他叫少年去打两斤烧酒，自己回生药铺拿药和纱布。用烧酒清洗时以为他会叫唤，结果他只哼了两声。他给他敷雄黄和甘草，但愿伤口不要继续发炎，第二天敷祖传的水火丹。病人睡了一觉，晚上再去看他时，他说：

"先生，我们没办法打呀，我的先生。"

他泪流满面。不是为自己受伤和即将到来的死亡，而是为战场上被对手全面压制的耻辱和绝望。英国人的子弹比他们的子弹飞得快飞得远，装子弹也比他们快。不懂那是什么枪，他没见过，长官也没见过。他在第一轮射击时受伤，像被狠狠打了一拳似的掀翻在地。受伤后特别想家，入伍时孩子刚出生，想在死前看他一眼，不管不顾走了一个月，没想到长这么大了。

和英国人打仗是因为鸦片，为了减轻他的痛苦，罗用敬不得不让他咽下一小块鸦片。把总享受了半个月天伦之乐后离世。

洪边门有城门以来有个风俗，同一时间段去世的人须在某天同时抬出城门。不管已去世几天，不管贫富，不分男女，都要在同一个时候出城，抬出城后是抬到永乐，还是乌当，或者洪边里不再统一，根据各自购买的墓地自行安葬。何日何时出门，由道士选定后报守备大人。出城顺序不分官与民，以享年多少排序，享年最久者为第一，最短者殿后。

罗用敬向守备大人陈情，把总死于虎门与英人大战，抵制英国鸦片进入中国，是为国捐躯，理应让他的棺材排在最前头。并请守备大人在出殡时晓谕民众，吸食鸦片不但毁坏身体，还会家破人亡。这次将要安葬的有十一个人，年纪最大的八十七岁，最小的十三岁。天气忽冷忽热,体质弱的人特别容易发病。

时辰一到,十一副棺材汇齐城门下。除了排在第一和排在最后的棺材,其他的全都黑得发亮,用生漆刷过多遍。最多的刷过十余遍。出于对生命无常的尊重,城里人三十岁就给自己准备棺材,严肃时叫寿材,开玩笑时叫"滕肉罐"。罗用敬向漆园订购的生漆就是用来漆自己和妻子的棺材的。买回来时漆过一遍,然后每三年漆一次。到六十岁还用不上,每十年漆一次。乍看是黑色,再看是黑里透红,细看有红黑相间的纹理,层层叠叠,仿佛流动的时间。殷实人家才能经常刷漆。穷苦人家只能刷一遍两遍,甚至一遍也不刷,埋白棺材。罗用敬对此很满意。棺材放在后屋檐下,他不但不害怕,每次看到它都感觉踏实。

棺材并排摆放,家景好坏一眼便可看出来。不过,人们对此不会过多评价,更多谈论的是"一样生百样死""黄泉路上无老少""生前再富贵,死了也是喂蛆",虽是老生常谈,却也教人安贫乐道,懂得放下和宽恕。平时有什么争执,劝和的人重复真理一般感叹:"争什么争,看看洪边门那些棺材。"

把总和少年的都是新棺材,只刷了一遍漆,没干透，绳索勒过的地方已显出木料本色。少年的棺材前哭声最凄惨，那是他父母和十五岁的姐姐。把总亲戚不多，财富也不多，丧事有点冷清。但出殡时守备大人亲自为他抬棺，抬到洪边门再换其他人抬。市民见状纷纷加入送葬行列。把总的儿子陈少良走在前头，端着父亲的灵牌。他没哭，多少有点蒙。同时却又超乎寻常地冷静。就像看戏，以前坐在下面看别人演，现在需要自己上台演给别人看。出生后从没见过父亲，但他知道自己有父亲。父亲终于把自己送回来了，但他送回来的不是一个活人，而是一个名字。他现在才知道父亲名叫陈廷有。父亲回来那天，他想叫爹叫不出口，母亲急他也急，直到看见他的伤口，看见父亲的表情，突然袭来的血缘关系让他从父亲的痛苦看到自己的痛苦，从即将到来的死亡看到自己的不幸。

"爹。"

喊出来后号啕大哭。

这次死去的人中没有达官贵人，大多埋在自己一族或一脉的老坟山，不像上次死了一位"都转盐运使司运使"，请先生根据生辰八字寻找墓地，最后选中的墓地在一个叫北衙的地方，棺材出城后两天才抬到目的地。

把总的墓地在鹿关冲，路上只耽搁了一个时辰。午时返回城中，把家里收拾一番后，陈少良邀请帮了大忙的人晚上来家吃饭。家住鲜鱼巷，家里并不卖鱼，母亲以养蚕和制作木樨饼养家。木樨饼是洪武年间由苏北人传到贵州的一种干甜饼。家里人少，父亲偶尔还会寄点钱来，生活不算窘迫。从守备大人把父亲棺材放在洪边门那一刻起，他一下明白，这个家从此要由他来支撑。

客人没坐满一桌，只有五个，在邻居和客人眼里显得凄凉。主人并不觉得，平时母子孤灯相伴，连嗡嗡的苍蝇声都觉得热闹，那才叫冷清凄凉。客人中有一半是陈廷有年少时的朋友，他们热情地回忆起当年在一起的顽皮甚至顽劣，一桩接一桩，宝盒被打开似的应有尽有。陈少良一边听一边陪郎中先生说话。郎中以前不认识他父亲，从减轻父亲的痛苦到最后安葬，郎中出了不少力。其他客人以为陈少良怕冷落郎中不时转移话题，不禁欣赏他小小年纪能看事，同时也感叹过早失去父亲的人不但早熟，还将遇到难以料想的艰难。陈少良对父亲的过去其实并不感兴趣，他喜欢听郎中说话，文绉绉不慌不忙，见解朴实又中肯。比如他母亲端到桌上的木樨饼，郎中不但知道它的来历，还解释了南京木樨饼和贵阳木樨饼的区别。而郎中对各种植物性状和用途的了解,让陈少良佩服得五体投地。吃到快结束时,他扑通一下给罗用敬跪下,请罗用敬收他当学徒。罗用敬看也不看,慢悠悠夹菜吃菜。陈少良以额头撞地,撞得咚咚响。客人看不下去,拉住少良跟罗用敬说:"你就答应他吧,这孩子诚心诚意。"

"我不收徒弟。"

又吃了一口菜,罗用敬说:"起来吧,从地上起来,你不起来我从凳子上起来走了哈。"

陈少良只好爬起来,罗用敬笑着说,雷公不打吃饭人,吃饭就好好吃饭,搞这些名堂做什么。陈少良没有难过,也不惭愧。他想,估计是嫌我爹才去世,不能在我家拜,要拜也得去他家拜。座中客人意识到郎中性格外柔内刚,不再争执,转而讨教药材问题。郎中对此话题似乎也不感兴趣,没人知道他是因为陈少良一跪让他失去谈兴,还是不喜欢向外行谈论自己的学问,越喝越寡淡,竟不欢而散。

陈少良用父亲的抚恤费在扁井买了一片地,雇人种植芍药。吃饭时,郎中无意中说芍药不但可以卖根,还可以卖花。花既可插在瓶子里观赏,也可阴干后泡水喝，可以养肝护肝，散郁祛瘀，美容养颜。那些大户人家的小姐太太细皮嫩肉不光生得好，还因为养得好。

种植芍药正是好时节，地契签好就种。春天一来，芍药花陆续开放，如香山居士所言，两三丛烂熳，十二叶参差。百看不厌，天气好时从日出看到日落。一般人家也种，大多种在菜园边或庭院角落，很少成片种植。怒放的花引来不少观花人，对于顺手牵羊摘几枝，陈少良也没去责怪，芍药花的富贵相让他相信从此将走上康庄大道。

鲜花没卖到一个钱，他们要么自己有，要么喜欢别的花。干花不多，过分修剪会影响地下根茎生长。芍药根也没能为他带来财富，老城新城生药铺挨家推销，最后也只卖出百余斤。家里还有上千斤。在罗用敬的帮助下卖给重庆来的药材商，因为没有事先约定，过量收购有风险，收购价因此被压到最低。付清工钱后所剩无几，比母亲卖木樨饼强不了多少。帮忙挖药的舅舅说还好风调雨顺，若是天灾，你会亏得裤裆没底。

在继续种什么时和母亲发生争执，母亲想种桑树，他仍然想种芍药，重庆药材商同意明年按商定的价格收购。母亲叫他请教罗先生，听听他的意见。

陈少良哪里也没去，待在屋子里听水声。鲜鱼巷六十余户人家，陈家住在中段。贯城河涨水后待在家里也能听到洪水的咆哮声。有人冒险到河边打捞树枝和木材，这叫捡便宜财。捡来的木头可当柴卖也可自己烧。什么柴都有，有些柴并不适合烧铁锅，对铁锅有腐蚀性，这让"捡了便宜柴烧烂夹底锅"成了不可贪小便宜的俚语。陈少良每次见别人捡柴也想去捡，每次都被母亲吼住。现在，叫他去他也不去。不仅仅是危险，还因为蝇头小利永远解决不了立身立业的大事。

为了推销芍药，他走遍了老城新城大街小巷，轿夫巷、马棚街、粑粑巷、皮匠巷、盐行街、铁匠街、铜匠街，他可不愿像那些人一样碌碌无为地终老一生。正是因为从小父亲不在身边，他比同龄人处事谨慎，也想得多。洪水从城外山上涌来，来得快去得快。陈少良待了半天作出决定，不但种什么要请教罗先生，还要当他的学徒，不但要学会医人，还要学会经营。想好后备了份厚礼送到罗记生药铺，一盒产自印度经上海辗转流通到贵阳的鼻烟，两壶在老城王家巷才能买到的水花酒。

罗先生不在，到马棚街给一个被水烫伤的人换药去了。陈少良告诉留在店里的人，这是拜师礼。罗先生不答应他会再送一份,直到他答应为止。

出乎他的预料,当天晚上,罗用敬派人把礼物送了回来。陈少良双手捶打着自己的头:妈,妈呀,我怎么办啦,罗先生不要我呀,不要我当他徒弟呀。母亲平时很少吼他,这次吼得声震屋瓦:行了,哭什么!等他哭声小下来,母亲说,莫非硬要当他徒弟才行,世间道路千千条,哪一条不是人走出来的?陈少良说,妈,你不懂。发现最近和母亲说话用得最多的一句是"你不懂",有点内疚,叹了口气说,妈,我不是那个意思,那天,你叫我去请罗先生来给爹看病,在六广门外面桑树园找到他,从看见他的第一眼起,我就觉得,唉,这人要是我爹有多好,我不是嫌弃我爹,我觉得这个人是老天派来的,如果不能跟在他身边,我今后的日子会无比艰难。母亲也叹了口气:

"儿子,我看你是中邪了吧。"

他失望地睡下后,母亲出去了一趟,很晚才回来。早上醒来,母亲告诉他罗先生为什么不收徒。

"罗先生想招的不是徒弟,是女婿。他有七个女儿,大姐二十一,二姐十九,三姐十七。他招女婿和别人不同,他希望这个人姓他的姓。"

"就这么简单?"

"这哪叫简单,他都说不出口。"

"也是。"

"还有,他最讨厌'七仙女'三个字,谁在他面前说他都会拉脸。"

"好,我知道这下该怎么办了。"

"知道了?不要莽撞,莽撞会适得其反,还会让你成为笑话。"

陈少良承认母亲有理,不能再像前两次那样磕头或送礼物,得另想办法。他拿出鱼竿去河边钓鱼,以便静下心来好好想。走到巷子里,听见一个老太太在咒骂,她儿子捡的便宜柴中有漆树,她从漆树下路过都会过敏,昨天烧漆树煮饭,脸和手都肿了。陈少良听见后嘿嘿笑,想到了让罗先生答应的好办法。

放下鱼竿,从漆园买了一斤土漆,来到罗用敬家屋后,掀开棺材上的席子,抹干净灰尘,干抹一遍湿抹两遍,水汽干掉后开始刷漆。还有更尴尬的事母亲没告诉他。罗先生家七姐,也就是最小的女儿都已经九岁。七姐生下来时,罗先生才四十二岁,妻子也只有四十三岁,都是还可生育的年龄,妻子的肚子却再也没鼓起来过。他和妻子喝了很多种汤药,唯一的作用是做那事的时间比以前长,以前如拔萝卜,现在如舂糯谷。九年过去了,只开花不结果,如同想搭梯子爬到月亮上去,愿望越强烈,想象越美好,效果越不明显。努力了很久,发现仍然在第一架梯子上,永远做不到爬到第二架后把第一架抽上去。这种事上了年纪的女人摆谈起来无所顾忌,要转述给儿子听既不可能也无必要。

罗记生药铺前店后院,比一般人家多了个小天井,棺材和其他人家一样也放在后屋檐下面。陈少良刷得特别认真,卖漆的人告诉他,要刷得快刷得薄。罗家姑娘发现后告诉父亲,罗用敬叫她们不要看,离他远点。

罗用敬在他快刷完时走过去,低声吼道:"你这是干什么?"

陈少良没停下刷子,小声说:"罗先生,你让我给你当女婿吧,让我娶大姐,我可以改姓罗,你的后事我会像亲儿子一样给你办。"

罗用敬等他刷完最后一刷,严肃地告诉他:"找媒人来吧,你还是姓你的陈。"

"我明白了。"

陈少良成了罗记生药铺的上门女婿,平时在药铺里打打杂，想要学医，岳父没理他。一年后，比他大四岁的妻子生下第一个孩子，是个男孩。他给他取名罗成全。他对岳父说：

"亲爷，他成全了你，也成全了我，希望他也能成全他自己。我要告诉他，他的子子孙孙都不准改姓，要一直姓罗。"

亲爷是贵阳人对岳父的称呼。罗用敬满意地笑了笑，说："少良，来我告诉你，做郎中最重要的不是如何医，是先要懂六不医。这是神医扁鹊传下来的，一定要记住。"

二姐三姐不愿离开，陈少良只好同时娶了她们。三姐只比陈少良大半个月，与陈少良最是情投意合。她对父亲说，如果让她离开，她宁愿跳河。

当陈少良儿孙满堂时，罗记生药铺已开遍贵州全境。到民国由盛及衰，只剩洪边门本堂店。最后一位店主的儿子去世后只有一个孙女，他不再效仿高祖父招上门女婿继承生药铺的做法，而是在儿子去世之前，在政府"废止中医"那年就将生药铺关掉，像掐灭将要燃尽的蜡烛一样让祖上传下的家业从洪边门消失。当孙女长成画中人儿般好看时，善良的老妇人赞叹，小姐姐吃了仙丹吗，那么标致。生药铺没卖过仙丹，有水火丹和五虎丹，用来治脓疮，只能外用不可内服。而罗记生药铺最有名的药叫枇杷止咳膏，便宜，效果又好。陈少良种过芍药的土地全部用来栽枇杷树。栽芍药显得很宽栽枇杷树显得很窄，索性把几座山全买过来。

枇杷开花，蜜蜂军团如约而至。漫长冬季里，这是它们最重要的蜜源。罗用敬采过枇杷花的桑园则被那个有十二个小老婆的人改成体育场，让十二个小老婆在操场上做操。

四

说那是狂风暴雨的年份一点不过分，不是一年，是前后持续三十余年。终于乾坤朗朗，罗记生药铺创始人罗家干把孙子举到头顶在城墙上看风景。在城外干农活的人正通过城门回家，也有骑马的，也有赶车的，他们或者来自远方，或者来自近郊。城内，有人在贯城河挑水，有人在河边洗菜。这散漫的人间景象，罗家干总觉得百看不厌。

"晓得不呀，我们老家原先在土巴坳，就是那个方向。"

"我没看到土巴坳,我看到的全是山。"

"是看不到,在山那面,翻过一座山还要再翻一座山才是土巴坳。"

"那年……"

"那年,那个骑马的人被射了一箭。爷爷,我听过几十回了,能不能讲其他故事呀。"

罗家干把孙子放下,笑着说:"好吧。我给你讲过木匠皇帝吗?"

"没有。"

"那年——你看,不讲那年没法往下讲嘛,那年当皇帝的人是个木匠,他喜欢听刨子刨木头的声音,嘘的一声,刨花像狗尾巴一样滚出来。嘘,不短不长,这一声响过后,仿佛有个新东西从木头里跑出来。有人来向他禀报事务,他看也不看人家一眼,说晓得了。哪个敢打扰他听刨木头的声音,他会一刨子打过去,再用斧头将人劈成两半。他还喜欢闻木头的气味,天下第一的厨师做的菜都没刨开的木头好闻。就这么个皇帝,运气还很好。那年,又是那年。一个叫努尔哈赤的金国皇帝带兵打木匠皇帝。"

"他为什么要打他?"

"为什么?天下不就是这样打来打去的吗?估计是为了争地盘,木匠皇帝的地盘大,金国皇帝的地盘小。"

"爷爷,你不是说不能看到别人的东西好就去抢吗?"

"我是说过,你是乖孙,他们不是。那个金国皇帝打来,木匠皇帝的手下用西洋大炮轰他,不晓得是大炮厉害还是金国皇帝运气太差,他被打伤了,率兵回国,没多久痛死了。"

"他应该用五虎丹。"

"他哪有啊,你爷爷才有。"

"你就不能送点给他吗?"

"他那么远,我想送也没法送呀。再说,他是金国皇帝,来打大明皇帝,我不应该送给他,我那时是大明百姓。"

"爷爷,我冷。"

"好吧好吧,回家。"

罗家干把孙子背下城墙。当年,他受伤后也是这么让人背进城的。孙子不想听他再讲当年他被箭伤,他想忘也忘不了，其实他每次都没讲完，只讲自己受伤，没讲百姓遭遇的惨状。

　　罗家干说的那年是明天启六年，也就是1626年，他三十八岁，在土巴坳哨卡任哨长。这天大雾弥漫，两山之间被大雾淹没，露出雾海的山头比平时秀气，仿佛活了过来。哨卡设在山顶上，俯瞰云雾心旷神怡宠辱皆忘，觉得云雾下面的人傻里傻气，自己比他们要高贵些洒脱些。实际上田坝里没几户人家，这里曾是水东宋氏土司的土地，由于无人耕种长满了枞树和青冈栎。正是由于树林的遮挡，直到野蛮人的军队靠近哨卡，罗家干凭马蹄声和窃窃私语声才发现他们已经来到山坳。他急忙从旗杆上取下铜锣跳上马背，拍马向贵阳狂奔。几个手下反应过来，逃跑已来不及，和野蛮人拼杀，很快倒在血泊中，客观上帮助罗家干报信成功。追兵飞箭如蝗，罗家干左肩被其中一支射中。左手连锣都提不住，只好把系铜锣的绳子叼在嘴上，不时腾出拽缰绳的右手猛敲几下。住在城北的人听见锣响，老人和孩子纷纷从北门进入城中躲避。青壮年男女则拿起武器准备战斗。农忙时种地，农闲时操练，对野蛮人的进攻并不害怕。

　　可怕的是这次与以前任何一次都不同，野蛮人只杀人不抢东西，倾巢而出以报前仇，人数远在守军之上。妇人没有直接加入战斗，她们给战士送水送饭，救护伤员。双方厮杀从辰时太阳驱散大雾开始，到酉时太阳下山。野蛮人几乎全部死光，守军也损失大半，如果不是巡抚大人派兵增援，贵阳城极有可能被攻破。糟糕的是城区太小，住在城外的人没法全部挤入城中，不少老人小孩因互相踩踏致死致残。

死人太多，天气又热，尸体臭得连猫狗闻了都打呕，清理了半个月才彻底弄干净。野蛮人的尸体被丢进城外一个天坑，撒上石灰再盖土。守城者的尸体则被装进棺材，抬到官山坡安葬。太多，没法同时抬上山，只好让尸骨在棺材里腐烂。新城修好后，去世的人统一时间从洪边门出城，就是为了不要忘记保护贵阳死去的人。

巡抚王瑊说这样下去不行，请示云贵总督后在城北建新城，新增城墙六百丈，设威清门、六广门、洪边门、小东门四个城门。与老城老东门、大南门、大西门、北门、次南门，玉皇阁、灵官阁、皇经阁、文昌阁合称"贵阳九门四阁"。新北门因城外洪边里和洪边十二马头取名洪边门。马头既是地方行政长官，也是管辖范围，集军政于一身。十二马头后来被撤销，改叫开州，多年后改叫开阳。

有月亮的夜晚，孩子们在城墙下打跳嬉戏：城门城门几丈高，三十六丈高，骑白马，过山腰，走进城门砍一刀。

野蛮人听见后再也不敢来。

其实城门只有三丈六尺高，为了吓唬野蛮人，夸大了十倍。骑白马指的是城门里面的军士，对强行进城的人毫不客气一刀横过去，再问你来干什么。

罗家干的箭伤很严重，带着它跑了那么远，箭杆开始时上下摇摆，快到贵阳才耷拉下去，拔出来时带出一小块骨头。和因厮杀而受伤的人比起来，他的伤并不算重，医士给他包扎好后还得帮助转移伤者。他在跌下马的地方找到那面锣，人踩马踏后像一大块晒了几十天的牛肝菌，再也敲不出爆破般的声响。左手抬不起来，不能再当哨长，也不能种庄稼。只好把家从土巴坳搬到城北。死了那么多人，空房子任他挑选，连家具也不用置办。还有无主的土地，他让家里人占了一块种谷子。谷子不是水稻，学名叫粟。粟既可煮饭也可煮酒，秆和叶可喂马喂骡喂牛。

当死者开始发臭时，罗家干的伤口也开始化脓。搬完家安顿下来，伤口越烂越宽越烂越深。他感觉这不是肉在烂，是被看不见的鬼粘上了，夜深人静时能听到鬼舔脓血的声音，像老鼠舔油碗，喽喽喋喋，它要是没舔够，会用力挤压，连同汗水血水一起挤出来，以便变成脓液后再舔。它有时还像卖打药的人一样虚伪，让他发热，让他感觉不到痛，以为它正在帮你。罗家干决定杀死它，用尽一切办法。再不杀死它，他的身体会被它吸空。身体不但越来越轻，还双脚发飘。他知道，再轻也飞不到天上去，只会被埋到地下。

儿子十七岁，不爱说话，见到年轻女人像老鼠见到猫。他让儿子把自己绑在柱子上，然后把烙铁烧红来烙伤口上的恶鬼。儿子不敢动手，他骂，骂完再哀求。指责儿子不想救他。"你不想救我，你想让我死。"这话让儿子忍无可忍。

烙铁刚烙上去时像淬火一样滋滋响，不难受，像痒痒被挠到正好一样舒服。他高兴得哈哈大笑：烙死它烙死它。笑声一会儿像人一会儿像鬼，一会儿像笑一会儿像哭。和鬼哭狼嚎不同，从他嘴里发出的声音越来越小，也越来越怪，连儿子也觉得确实有鬼，只有鬼才会这样叫唤。当烙铁烙出烧猪皮的味道时,他昏死过去了。

儿子扔下烙铁:"要死你自己死。"父亲听不见,他这是说给自己听的,无论父亲采取什么手段,他都不再用烙铁烙他。

罗家干躺了两天才活过来。

鬼没赶走,伤口更臭,流出的脓更多。儿子说:"爹,我再也不给你烙了。"他说:"晓得了,鬼不怕烙铁。"

烙铁不行改用毒药。他听说蜘蛛尿有毒,捉了一只凶巴巴的大蜘蛛,可蜘蛛不撒尿只乱抓乱咬。把蜘蛛碾成浆敷在伤口上,没用。又去捉癞蛤蟆,用癞蛤蟆身上刮来的白浆当药。遗憾的是能刮出的白浆太少,刮狠了癞蛤蟆会死掉。以前不想捉它到处都能见到,现在想要捉却极其难找,它们得到讯息似的提前藏了起来。有个读书人告诉他,最毒的不是蜘蛛尿,也不是蛤蟆浆,而是鸩毒。

"鸩毒是什么毒?"

"鸩毒就是鸩毒。"

"先生怎么知道的?"

"从书上知道。"

"哪本书?"

"《尔雅翼》。"

"书上怎么说?"

"书上说,鸩这种鸟大小和老鹰差不多,羽毛黑中透紫,尖嘴像朱砂一样红,眼睛像铁丸一样黑。雄鸟叫运日,雌鸟叫阴谐。雄鸟叫时天气放晴,雌鸟叫时则要下雨。它们最喜欢吃蛇和橡树籽。它一旦知道乱石或草木中有蛇,马上像夏禹召鬼神一样起舞,片刻之后,树倒石崩,蛇从乱石中梭出来,它一口吞下去,蛇肉瞬间化成汤,骨头渣都不剩。鸩屙的屎落到石头上,石头都会发黄腐烂。它喝过水的地方,水里的鱼和虫虫死光光。不要说它们的肉有多毒,就连用它们的羽毛在酒里蘸一下都可毒死一个人。"

"谢谢先生。"

罗家干带儿子最近走到东山,最远走到毕节。可他们没找到这种鸟。当地人没见过也没听说过。捉了几只鹰,还捉了只隼。以为隼就是鸩,小心翼翼割下一块肉给狗吃,狗吃了活蹦乱跳。罗家干不顾儿子阻止吃了一块,屁事没有。

另外一个读书人告诉他，尽信书不如无书。

还想去深山抓毒蛇，发现已是初冬，没办法了，蛇已冬眠。回到洪边门，新城墙墙基已经挖好。修城墙的人谈论京师发生的大事，王恭厂火药库发生爆炸，有梁柱椽檩窗壁尘土人头断臂断腿在天上飞，首饰银钱飘落成堆。儿子听得入迷，罗家干没兴趣。但火药启发了他，回家后找火药来敷。从这天起还敷过水银、轻粉、铅粉、甘石、铜绿、硫黄、雄黄。又一年夏天到来，伤口结痂痊愈。肩膀上留下一个洞，前胸只有小指头那么大，背上却大如碗口，任何人看见都会吓一跳。

生这种病的人十有八九会失去生命，只有少数人自我痊愈活下来。有人来问他是怎么治好的，罗家干说不知道。这是真话，但没人相信，以为他不愿把秘方拿出来给别人用。有些话更难听，咒他再得一次烂疮。罗家干没有办法，只好和儿子一起回忆自己用过哪些东西。他们把这些东西混合起来，拿去给伤口化脓的人试验。根据效果加减再实验，三年后，他们发现以水银、皂矾、白矾、盐加热混合，制成粉后用白酒调敷效果最好。取了个威风凛凛的名字，叫五虎丹。罗家干从此养成把每天发生的事记录下来的习惯。本子是他自己用生宣装订，比画画的手卷小一半的手抄本。总共记了十五本。他去世后，笔记作为传家宝收藏，直到某年作为封资修化成灰烬。

晃眼四十多年过去，从1626年来到1667年。四十年发生的大事太多，用蝇头小楷密密麻麻记了几十万字。有二老乱张献忠攻打重庆，大老乱李自成进京，明亡清兴。大清初立，贵阳却并未进入帝国版图。二老乱养子孙可望攻下贵州，把永历帝朱由榔接来安置在安龙所，自己驻扎贵阳大建宫殿，将惠光寺改成贡院开科取士，大有独霸一方自立为王之势。本是闹剧，本地史官却煞有介事地宣称：贵阳也曾有过"首都"之誉。这比"祖上曾经阔过"更让人哭笑不得。

因为动荡不安，生病的人颇多，罗家干和儿子利用五虎丹获得的名声开设生药铺，生意极好，儿子还在五虎丹的基础上制作水火丹，提脓祛腐、清热消肿效果极好。他们早已掌握了制作铜绿的方法，但罗家干坚信，他从土巴坳敲到洪边门的铜锣上的铜绿效果最好，这面锣被他越刮越薄，只有受他尊重的人，他才舍得从上面刮下铜绿来给他做药。

和孙子回到家，生药铺伙计正准备出门。老板请他去打酒,家里来了客人。孙子想吃牛皮糖。罗家干让伙计把酒壶给他。

新城修好后,北门失去军事价值,城门内外渐成集市:笙歌十里市中市,冠盖千家城外城。

罗家干牵着孙子的小手,祖孙俩一人一句往下念:有个小孩叫小杜,上街打醋又买布,打了醋,买了布,回头看见鹰抓兔,放下布,搁下醋,上前去追鹰和兔,飞了鹰,跑了兔,洒了醋,湿了布。不时哈哈大笑。念了两遍,罗家干说,还是做五虎丹吧。一个说水银一两二钱,另一个接轻粉八钱。这是罗家五虎丹配方。

孙子突然说:"爷爷,我的五虎丹,不管哪个都可以用,不管它是木匠皇帝,还是全身是金的皇帝。"

罗家干摸摸孙子的头:要得,要得,医者德近佛,这是佛心。

在当晚的笔记里,罗家干慎重记下:与孙于北门沽酒,闻康熙皇帝亲政,愿国泰民安。孙言五虎丹应施于所有病人,不可择别身份地位,极好。

五

大明嘉靖四十二年,洪边里至底窝马头小路上,一妇人带着十一岁的儿子小心翼翼跋涉。离他们不远有片茂密的柏树林,一只老虎在树林里看着他们。扑食这娘俩易如反掌,但老虎迟疑片刻后,不知是因为不饿,还是出于慈悲,竟然掉头离开了。

小孩是后来成为罗记生药铺创始人的罗家干的父亲,妇人是他奶奶。

如果老虎吃掉他们,是不是就没有后来的故事了呢?不会,因为不是老虎嘴下留情才有故事,而是只要有人,就会有故事。

白沙巷

不算太久以前，也就112年前，张百麟喜欢上老东门外那对石狮子。别的石狮多为坐式，昂首雄视前方，威风凛凛不可一世。老东门这对狮子头朝下，狮身倒立，就像刚从石柱上梭下来，前爪还没来得及伸出去。

石狮表皮已风化，仿佛涂了一层灰，给人毛茸茸之感。狮子眼睛半睁半闭，张百麟心想这位石雕师傅一定不是粗人，懂得美是恰到好处。身后一位中年人认出他，两人便聊了起来。张百麟想不起何时何地见过这人。这对张百麟不算什么稀罕事，他好客，家里常常宾朋满座，"宁可灶中无烟，不可座上无客"是他的座右铭。常有陌生人随其他客人前来，交谈时尽可畅谈，姓甚名谁并不重要。他要的是无话不谈,特别是有见地的攀谈。

"雕这狮子的石匠一定喜欢猫。"

"何以见得?"

"这是照猫的样子雕出来的,爪子收拢,等人来摸它下巴。"

"只听说过照猫画虎,原来还可以照猫刻狮。"

"我瞎说的。这城墙是哪个时候修筑的呢?"

"土墙是元中期,石墙是明初期,明中期后期直至大清,修修补补。"

"这么说这对狮子不是洪武就是康乾年间雕刻的。"

"何以见得?"

"天下大势已定,要收拢爪子,不必再张牙舞爪。"

"哈哈,有道理。天下事已定,山中人可闲。"

张百麟邀请这位叫不出名字的人去家里坐坐,这人不客气又漫不经心地说好,那样子就像不邀请他也会去。张百麟喜欢这种洒脱,几十年来交朋结友,最看重的是坦诚与坦荡。

那时还没有白沙巷。从老东门回家不到两百米,先向南再向西,一条角尺型小街。店铺不多,市民多以在城外种植菜蔬为业。走出小街是一座小山，朝南缓坡上，三进小院层层向上，左侧几垄黄瓜茄子，右侧一片斑竹林，斑竹林外是洪武年间夯筑的土城墙。房子是父亲在开州厘金总办任职时购置的，原主人举家迁到重庆去了。距省府路、护国路都只有一箭地距离。离文昌阁更近，从书房就能看见文昌阁第三层翘檐。张家大院虽在城内，景象却是亦城亦乡，车水马龙的景象还得等上五十年。

家里没有其他客人，这在张家很是少见。

管家呈上一封书信，他在院子里捡到，没看到送信人。张百麟瞄了一眼，信封上竖排行草：

烦捎

张百麟先生 启

笔迹似曾相识。将信塞进衣兜。

"他们一个也没来吗？"

"没有。"

就像是管家不让他们来似的。平时，乐嘉藻等贵阳名士不全来也至少来一半。父亲四十一岁才生下他，又是独子,特别珍爱,从无苛责。这让张百麟少年时就有豪侠之气,加上性格通脱,喜欢结纳,不在意财物,交友不看门户,行为不拘小节,朋友们都喜欢上他家。他也以此为荣。今天一个没来,冷清得让他感到不舒服。管家提醒他看信,有事他好早做准备,以免耽搁。他看了看空荡荡的院门,说晓得。

在书房里看完信,知道大家为什么不来。来不了,不敢来,不能来。

信是都匀知府吴嘉瑞所寄,告之即将到贵阳上任的云贵总督李经羲已抵镇远,在镇远考察铁矿。元老派得知,立即派人前去接洽,想借李经羲之手将自治学社予以铲除,尤其是社长张百麟等人。吴嘉瑞虽竭力为之辩解,说这不过是不同政见之争,不存在谁对谁错,然元老派有痛恨维新派的直隶总督陈夔龙支持,难保无虞,请张百麟暂避一时,以免意外。其他同人亦已去信,无须挂念。

"先生身体似乎欠佳,我不打扰,这就告辞。"

客人看出他脸色不对。

张百麟极力挽留,好不容易得到可以说说话的人,不愿这就失去。何况吃饭时间已到,邻里看见有人从自己家离开,那也太丢人了嘛。"怪我记性不好,我想不起来我们在哪里见过。""先生没见过我。""哈,是这样。"

饭后,仆人照常用三脚铁爪钩提来烧开水的小铜炉,盛清水的弯把提梁小木桶。青冈炭已预先点燃,水桶里的水是大清早其他人家挑水之前,从水井挑来的当天第一担水。张百麟从缎盒里取出八个瓷杯,小铜锅里的水烧开后煮杯子。竹夹夹杯子时才想起用不着这么多,他们又不来,煮两个即可。

刚泡好茶,管家来请假。明天是六月十九,他想去弘福寺敬香,顺便去清镇看望家人,保证后天中午前回来。张百麟叫他放心去,不着急,亲自给管家一家准备好礼物,主要是布匹和盐。盐在当时堪比黄金,乡下那些大户人家也吃不起。管家热泪盈眶,说自己做牛做马也报答不了主人恩情。管家离开后,客人问:

"先生相信有来世吗?"

"我不知道。你呢?"

"我也不知道。管家说到弘福寺,我想起多年前在一个寺庙看到过一幅画,忘了哪个寺庙。上面是神,下面是兽,中间是人。我问法师这代表什么,他说一个人死后既可以成为神,也可以成为兽,所以人必须修行。"

"修行当然有必要。但用不着等到死,念头生起瞬间,既可能是神,也可能是兽。一个人看上去像一个人,其实他有可能是神,也有可能是兽,人形只是外表。"

"你的意思是任何人都可以选择做神,也可以选择做兽。不过我觉得它还代表人所处的位置。这位置当然是由自己所作所为决定。"

"没错,不经意间的选择是天性,有意识的选择是教养。"

"就不能选择做一个人吗?"

"不行,人是中间物,就像一条河,你不可能站在河中间。"

喝茶,聊天,吃夜宵。客人没有离开的意思,张百麟只好叫仆人整理客房。有两个老朋友常留宿。但他们不住客房,和张百麟同住一屋,常常聊到天亮。住客房的是远方亲戚,从长沙来的叔叔、伯伯、姑姑、舅舅。

客人睡下后,他把快利步枪和子弹找出来。这是江南制造局生产的新式武器,性能超过奥地利曼利夏。他对枪械一向无兴趣，杀人解决不了问题。三年前黄泽霖到上海购置印刷设备，同时买了两支江南制造局制造的快利步枪。黄泽霖说，不会开枪的男人不是真正的男人，有时间带他去月亮岩打猎，打猎时教他打枪。三年后春寒料峭，黄泽霖死于滇军入黔夺权者枪口，枪没能保住他的命。这是题外话。

张百麟摸索了一会儿把子弹装进去，似乎并不难。子弹像一个有暴力倾向的小孩，躺进去后非常安静，坏脾气一旦爆发，连他亲爹也不可能阻挡。

李经羲想用什么办法打压维新派？派兵抓去关起然后枪毙，还是直接派杀手上门？李经羲是李鸿章之侄，光禄大夫李鹤章之子，想必不会如此下作。心脏比平时跳得快，但他并不害怕。不能让自己感到害怕。我不是为了个人，是为了我们这个民族。民族是什么呢？是人，既不能让它成为神，也不能让它成为兽，所有的努力，是让它始终朝着成为人的方向行进。要杀，杀张百麟一人即可，其他不必。我是社长，没有必要逃匿，逃匿可保命，对自治维新却是致命打击。献出生命，对正在进行的事业也许反倒是一种推进。

把枪放在床上，把左手搭在枪把上，他是左撇子。

有人闯入，抓起就可开枪。枪长近四尺，重八九斤，一手操作有困难，保险已打开，因此有误伤自己的危险，仅凭后坐力就可把人打翻。他全然不懂。睡了一会儿觉得大可不必，把手从枪上拿开，和另外一只手一起枕在头下，望着什么也望不见的黑夜思考。人终将有一死，自古以来，清醒的人往往比糊涂的人先死，糊涂者活得长。即便寿终正寝，造物主也要让这人先糊涂然后再让他死。清醒和糊涂不可能同时存在，正如神人兽不可能共存，神性充盈时不可能有兽性，兽性满满时不可能有人性，人性张扬时既不是神也不是兽。

手枕麻后从头下抽出来，无意中碰到枪机，感到一阵厌恶。不是对枪的厌恶，是对它能制造死亡感到厌恶。他将它放到书桌上。

有只鹰鹃鸟在老东门一带叫唤：离贵阳、离贵阳。声音高昂又略带凄凉。父亲去世后，母亲想过搬回长沙，去和族人尤其是她的娘家人在一起。母亲没明说，而是学鹰鹃"离贵阳"。每次学完都会补上一句："这鸟叫得好难听，应该打死它。"她常年吃斋念佛，顾惜众生生命，连蚊子都舍不得打，却要打死一只暴露她心思的小鸟。张百麟当时刚入职法政学堂，同时负责自治学社会务，筹办《西南日报》，百事缠身，哪里也去不了。

现在，她们必须离开贵阳，明天一早就送她们走，妻子和两岁的女儿一起去。不能告诉她们原因。父亲临终时，对他有几分担忧，对从小迁就他、任其天性成长有些后悔。父亲去世后，他一夜成人，读书与做事一改从前的散漫，特别渴望成就一番事业，能在万古江河中留名的大事，以告慰父亲在天之灵，同时也向自己证明，今番一定能够成就。这种饥渴在灵魂深处转化成一种微痛。和死亡威胁比起来，这才是真正的威胁。自治学社是他全力筹办的，离渴望中的事业仅一步之遥。狂风吹落将熟的果子，岂能见死不救。点灯奋笔疾书。

元老派的人用嘴，他用纸和笔。他要给李经羲写信。他不诋毁他们一个字，只陈述事实和对家国天下的炽热之情：百麟热情参与筹办法政学堂、律师专修科、法官养成所、光懿女子学校、自治学社，没任何私利，而是以改革社会为宗旨，寄希望于将来。

枪在一旁看着他，躺在里面的"小孩"也看着他。鹰鹃鸟仍然在叫，不是"离贵阳"，而是"你贵阳"。"你"字音稍长，"贵阳"二字急促，有种京剧腔。你贵阳，你神州，你诸夏，你怎能离开。他想通了一点，当一个人誓言为了民族，其实非关民族，也非关自己，而是一种纯粹的献身。这个发现不能写到信里去，如果可以，改天再写一封信，把这发现告诉儿子，如果夫人微隆的肚子里是儿子的话。

写到最后一个字已日上三竿，洋洋洒洒近万言。装进信封，写上：

敬呈

李经羲大人

到院子里喊管家，喊了两声才想起管家不在。仆人出来问什么事，他摆了摆手。管家即便在，这信还是亲自去送为好。刚走两步又叫住仆人，要他马上去告诉老太太和夫人，叫她们准备好，今天送她们去长沙探亲。

走到二进院，发现客人没走，不禁有点郁闷，这么不知趣的人还真是少见。客人在蜡梅树上吊了枚铜钱，正专心致志练习射箭。一张儿童玩具似的小弓，似要把箭从钱孔中间射过去。这就不是郁闷，而是真心鄙视。张百麟一向不喜欢小儿科之类行径。

没和客人打招呼走了出去。

到巡防营找到副统领，叮嘱他一定把信交给总督大人。副统领也是自治学社成员，提醒他信封没封口。张百麟说：

"没什么秘密，任何人都可以看，你也可以看，兄不妨看看，看看有何不妥。"

副统领看完后知道兹事体大，立即派人打听李经羲的行程，何时到贵阳，有哪些人同行。

回到家已是午时，母亲和妻子已收拾好。婆媳二人隐隐感到担忧，但都没有问。这个时间安排她们去探亲颇不正常。最近几年，张百麟常邀人来家中密谈，密谈时有人把门，陌生人不得靠近，家人也不得靠近。她们不想知道他所做的事对或不对，唯愿他事事平安。为此婆媳初一、十五吃素，还到圆通寺去烧香。

张百麟曾听说过一个故事，有个人平日不管家人，在家时既不像客人也不像主人，像个影子，有天醒来，除了他睡的那张床，房子、家具不翼而飞，他孤零零地躺在无边的大地上。母亲和妻子离开后，张百麟觉得自己就是那个失去亲人和房子的人。平时起床后第一时间到母亲房间问候，但很少陪她说话，吃饭也因为有客各在一屋。同样原因，和妻子在一起的时间也不多，素日不在同一屋，和朋友通宵达旦交谈，只能住书房。想着不仅内疚，也有点担忧，怕再也见不到她们。

信交出去后倍感轻松，身体的疲倦被掩盖。第一次不想任何人来，要一个人清清静静地待着，很高兴没看到那位客人。关好大门，关门时习惯性地张望了一会儿，如果有熟人来，仍然要欢迎。听见厨子大声问新买的姜在哪里，知道饭还没熟，于是去会客室泡茶喝。进去一瞬间，第一秒钟，他被一种崭新的郁闷惊呆。客人没走，一个人在会客室喝茶。客人见他进来，自然而然地问了声：事办完了？不自然的反倒是张百麟，仿佛是他闯进别人的会客室。

再不愿像昨天那样侃侃而谈。客人似乎并不尴尬，有种天生的不知几斤几两的镇定，有不知何为虚情假意的纯朴。长年来叫吃饭，客人问有什么好吃的。长年说有青笋炒肉。饭后，客人叫张百麟早点睡，说他脸色不好。张百麟没去书房，而是去卧室。本应走走再睡，又不想和客人一起散步，于是来到有妻子体温的房间。想着客人说他脸色不好时的表情，忍不住发笑。这么不拘小节，不服都不行。

"随他吧,愿意住多久住多久。"

这本是他和妻子的房间,不知何时开始,它差不多成了妻子一个人的房间。媒人介绍她时,说光看她的眼睛就顶得上吃一顿早饭。娶进来后,发现她的眼睛确实好看,媒人并没夸张,他可以不吃不喝看上好一阵。有多久没看她眼睛了?等她回来,一定要好好看看。躺在妻子的床上想妻子,仿佛她是另外一个人。

睡着的时间过得比醒着的时间快。醒来时,正好和昨天写完那封信同一个时间点。副统领说写得非常好,一如他妙语连珠的口才。醒来后感到有点无聊,副统领昨天提醒他,不知道李经羲态度之前,最好不要抛头露面。不用怕他们,但不能不防他们。

洗漱好后,仆人端来早餐。顺便告诉他,客人已经用过,在院子里等着他,要带他去月亮岩打猎。张百麟不舒服地想,我为什么要听你调遣?不去。早餐是红糖糍粑和鸡蛋羹,没胃口,吃得很慢。吃到一半,闪出一个不安的念头:赖着不走,莫非有其他目的?那么,且看他到底要干什么。心头无事,食物往胃里落得也快,几口把剩下的吃完。

"张先生,走,我陪你去打猎,散散心。"

"我不喜欢打猎。"

"看看风景嘛,闷在家里干什么?"

"也行。"

张百麟从书房拿出枪,客人大声说,走啰。等他走近,以只有两人能听到的声音说:总督大人今天中午进城。

张百麟不知道这意味着什么,客人的表情明确无误地告诉他:听我的,我不会害你。

两人没从老东门出城,直接从张家院子附近的城墙出去。倒也不难,城墙有个豁口,比绕老东门近了许多。客人的猎枪是一支燧石枪,和张百麟的快利步枪没法比。张百麟不无揶揄地问客人:"你的弓箭呢?"客人一本正经地回答:"弓箭不能用来打猎。"

"用来干什么?"

"杀人。"

"毒箭?有多毒?"

"见血封喉。"

"这么厉害,砒霜?"

"不是砒霜。见血封喉是一种树的名字,又叫箭毒木,云南广西那边才有。"

月亮岩脚下有个山寨。此处经晒田坝往南可到南明河，往东可到仙人洞，打猎只能往北。从老东门出来不到一公里，自从发现山腰一巨石形似上弦月，常有文人雅士来山脚赏月吟诗。每当天净无一云，地净无一尘，月光洒向大地，月亮岩受光后特别引人注目。初七八九，天上银月与地上石月最为相像，正是"不见乡书传雁足，惟看新月吐蛾眉"。

东山亦称栖霞山，为了凑足贵阳八景，这块形似上弦月的岩石被叫作"栖霞上月"。

据说八景之俗始于沈括所记员外郎宋迪，宋迪善画平远山水，得意之作有八幅，谓之八景。京都御用文人以此寓意首开八景之风，此后各地纷纷效仿。都市没有八景，仿佛天缺一角。有小县城为了凑"桥横落照"，没有河，只好在排水沟上搭块木板。和后世评3A、4A景区异曲同工，如出一辙。

张百麟来过几次，"栖霞上月"景色无法吸引他，他希望他能吸引前来聚会的人，相信他对维新事业的判断：吾侪现今保国，当用"国民责任说"，将来立国，当用"国家主体说"。

山坡很陡，树林又密。不仅对"栖霞上月"没兴趣,对打猎怎么也提不起兴趣。既不想让漂亮的动物死在自己手里,也不想吃它们的肉。他最喜欢吃的肉是红烧鲤鱼肉。

客人倒是好猎手,用燧石枪打死一只野鸡。然后把张百麟的枪要过去,像豹子一样跟踪一只岩羊。张百麟坐在一棵大树下等着,他很少来这种地方,哪里也不敢去。密密匝匝的树木和藤蔓堪比迷宫,无风时闷热,有风时又太凉。与看不清方向的密林比起来,他更喜欢到处光亮的环境。听到的声音和闻到的气味让他不舒服,他怕蛇,看到黑乎乎的树根都会吓出一身冷汗。客人不但认识各种植物,还知道哪些能吃哪些不能吃。即使只闻其声不见其影也知道那是什么鸟,学起它们的叫声惟妙惟肖,连被它学的鸟也以为遇到了对手,飞到近处发现上当受骗,顿时惊慌失措惊掉羽毛。

踮脚追岩羊的客人越追越远,直到中午才传来枪声。又过了半个时辰,客人回到原地,不无遗憾地说,岩羊没打着,子弹飞出去的瞬间,它从悬崖跳了下去,以为不摔死也会摔断腿,找了半天没找到,后来发现它已经跑到河对面,一根毛也没伤着。张百麟不但不遗憾,反而如释重负。"走吧,回家。""你现在不能回去。""为什么?""现在不能告诉你。"

客人想带他去西瓜地,从阳明祠那边返回老东门,不再倒回月亮岩。张百麟叫他自己去,他仍在这里等。

"好嘛,第一次见到这么不爱动的人。"

客人薅来三抱枯叶,铺在大树底下,叫张百麟好好睡一觉。

"拢共还有一颗子弹,我放完了就回来。不把这颗子弹射出去,就像憋着那啥一样难受。"

张百麟知道那啥指什么,但不想拿这方面的事开玩笑。来到山上后,张百麟觉得客人不再是客人,自己才是客人。从他这几天的所作所为来看,不像无赖,隐约感觉有可能是某个组织派来暗中保护他的人。想到这一点,对他半截大爷般的言行立即觉得正常。他的行为既像大爷般霸道,又像无知少年一样天真。或许出身行伍,但粗中有细,有豪侠之气,也有小动作。

焦脆的枯叶被张百麟压得嚓嚓响,细密的声音很好听,也很暖和。不习惯的是肚皮上空空荡荡,有点冷,双手一会儿枕在头下,一会儿盖在肚皮上。以为睡不着,却又在做梦。以为在做梦,却又感觉醒在自己梦中。梦和思绪都像苍蝇一样灵活,任他怎么努力也抓不住。即使抓住，也能轻而易举逃脱。和元老派这么争下去，对双方都很危险，就没有一个两全其美的办法吗难道？他们的年龄比自治学社的人大十到十五岁，使用的却是见不得光的手段，不顾及体面倒也罢了，连名声也不顾。如果不去寻找共同未来，只以私利出发，等着的只能是悲剧，没有人可以坐享其成。想把苍蝇赶尽杀绝都做不到，况乎于人。我得提醒各位同人，岁数越大的政客越老奸巨猾，我们一定要清醒，不要轻易上当，我们既要像狮子一样强悍，也要像兔子一样谨慎。说起狮子，他只见过太子桥和老东门那样的石狮。老虎倒是见过，有一次陪父亲从开州回贵阳，在洪边堡遇到一队猎人，他们抬着打死的老虎游寨，以示英勇。父亲为了表示钦佩，给了他们一块银圆。只有张百麟一个人为老虎鸣不平，尤其厌恶宵小对老虎的冷嘲热讽，觉得老虎是落难英雄，它不过是败在人多势众，不是它无能。

此时想起那只老虎仍然耿耿于怀。唰啦一声响，吓得他立即坐起来，只见一道黑色闪电消失在灌木丛后面。认识的动物本来就少，这一瞥的印象更是无法判定是什么动物。只知道这不是老虎也不是豹子。重新躺下，发现吊在树干上的野鸡已经被拿走，这小偷动作够快，他不无欣赏地哈哈大笑。感到有蛛网似的东西轻轻触碰脸颊，仿佛在这里待了好多天，胡子和头发已噌噌长出来，给人的感觉却正好相反：时间过得太慢而不是太快。把身上枯叶碎片和小虫拍打干净。他不喜欢小虫，只喜欢狮子老虎这样的大东西。

阳光只能照到对面山坡。"这家伙还不回来吗？再不回来我可要走了。"他想。口才一向为人称道，却没有大喊大叫的习惯。"再等十分钟。"他想。掏出怀表看了看时间点。第十一分钟，稀哩哗啦一阵乱响，猎人现身，气喘吁吁地说，追了几座山，只打得一只野鸡，本不想打，实在找不到其他猎物。张百麟笑了笑："你和野鸡有仇。"

"刚才那只呢？"

"飞了。"

"飞了？"

"被什么东西叼走了，不晓得是什么东西。"

客人愣了一会儿，仍然在为枪感叹："这么好的枪，第一次真的不应该用来打野鸡。有句话这样说，跳蚤不会跳到肥猫身上，一旦跳上去，说明猫已不再肥。第一次打野鸡，今后很难打到大东西。"

张百麟笑了笑。

两人走到月亮岩下小村寨,有人迎上来和客人说了几句悄悄话,这人说话时看了张百麟一眼,就像在验证,这是替身,还是张百麟本人。客人和来人很熟,聊起他手上这支枪和今天两只野鸡。走到黑七洞,客人向张百麟告辞。张百麟很是意外:

"去家里吃饭呀,野鸡还没吃。"

"你拿回去,让你的厨子给你做。"

把野鸡交给张百麟后,客人靠得更近,压低声音说:

"我要告诉你一件事。我是总督大人的护卫长。先生说想不起来在哪里见过我。那年你和令尊去坡脚(今安龙境),路过贞丰,结交钟振玉、钟振声兄弟。我是他们的表叔,正准备去云南,听过你侃侃而谈,一直佩服。前几天陪总督大人入黔,准备到贵阳后到府上拜访。哪知元老派告你黑状。总督大人让我立即到贵阳,若真如告状人所说,将自治学社人等秘密拿下处决。事有凑巧,我和手下在贵定截获都匀知府吴嘉瑞给你的信。我想正好,倒要看看张先生只会高谈阔论还是真汉子,看你读到告急信后如何反应。信是我丢到你家院子里的,看见管家捡起才离开。没料到在老东门遇见你。相处两天,觉得张先生是个好人。今天执意带你上山打猎,不再是为了观察你,确实是不知道总督大人站在哪一边。如果他听从元老派意见,我准备让你从月亮岩离开,不要回家。刚才这位兄弟告诉我,总督大人读了你的信,对先生才学大加赞赏,先生乃一代俊才,不但不可杀,还要重用。他已将先生推荐给巡府大人。恭喜恭喜。"

张百麟沉吟了一会儿,说:"谢谢不杀之恩。"

"先生错了,我从没想过要杀你。通过这几天交往,对先生学识人品更加佩服。在先生面前,我和老东门那对石狮一样,永远不会露出爪子。"

"既然有此缘分,更应该和我回家,今晚好好叙谈一番。我也可以把其他朋友介绍给你。"

"改日再来,今天得向总督大人复命。"

"也行,这支枪送给你。不是为了感谢,是你用得着,我用不着。"

"在下确实喜欢,那我就不客气了,感谢感谢。"

夕阳西下,两人拱手告别。

不算太久以后，弹指百年已过，白沙巷一带已是贵阳繁华之地，外地人来此大多会迷路。小十字地下通道堪比迷魂阵，连本地人也常迷路。白沙巷东西向连接护国路和富水南路。从上护国路巷口进来，不远处墙上挂着辛亥人物张百麟展板。展板文称，大汉贵州军政府在贵阳成立，张百麟任贵州枢密院院长主持政务，后被旧官僚和元老派赶跑。再往前走不到一百米是刘统之先生祠，民国时期建筑，占地两千平方米，穿斗式木结构硬山顶，两山和后檐为砖砌空斗墙，门额上匾额由康有为亲笔题写。祠堂二十世纪六七十年代没被拆毁，保留至今，与其一九六六年被征用作幼儿园不无关系。刘先生一生致力贵州教育，扩建改造笔山书院，选拔并资助四十余名学子东渡日本求学。祠堂被用作幼儿园，老先生地下有知，应是欣慰有加。

本地人对巷子里的碑刻和展板大多视而不见，宋文成烤肉店才是目的地。无论从哪个方向进来，都是直奔烤肉店而去。

宋文成烤肉名声在外。白沙巷本来就是一条弯来拐去的巷子，从刘统之先生祠往西，颇像游击队故意设置的迷障。不过宋文成烤肉店很好找，位于巷道拐角处，拐角处是三岔路口，正中立着一根大电线杆，电线杆顶披挂着电线，像躲藏在巷子深处的狙击手。来到这里，即使没看见匾牌，凭烤肉的气味也能找到。烤肉作坊比地面高，吃东西却又在堡坎下面，近似地下室的房间里。位置逼窄，不得不想方设法拓展空间。烤肉间很小，铁皮作棚顶，滋滋声和油烟从缝隙挤出来，听到闻到，厄念全消。烤肉店已经营四十年。在可以放心大胆做生意的那个年代，烤肉店应运而生。宋文成原是无业青年，而立之年和妻子在电影院门口卖烤肉串，生意越来越好，移到现在店铺，几十年后已有五家分店。宋先生已经去世，现由子侄辈经营。

烤肉店经营品种有烤肉、肉筋、烤香肠和土豆片、包浆豆腐。烧烤之外有小豆汤饭、葱油饭、盐菜脆臊饭。进店后，一位老太太霸气地问：烤多少？回答一份，她一般只安排半份，分量足，一份吃不完。听完客人所需，老太太用步话机向厨房下令，声音响亮，颇有大将风范。有时，会有另外一位老阿姨把啤酒瓶盖搬出来数，一五、一十、十五、二十。数过的瓶盖装进大袋子，铜板似的叮当作响。

九架炉巷

母亲从皮箱里翻出一支驳壳枪,像递烤红薯一样递给我:去,杀了他。她的表情平静又坚决,犹豫的反倒是我。我不知道家里有枪,拿在手里感觉像烤红薯一样烫,却比烤红薯沉得多。但这正是我想的。用不着打听,只看最近的报纸就知道那个人在昆明。

从贵阳搭便车到安顺,再往前不能坐车,安顺到安南的公路修好没多久,极少有车前往。我不会骑马,也雇不起轿夫。何况等轿子慢悠悠把我抬到昆明,他早已去了别的地方。他是职业军人,要追上他可不容易。我只用了九天时间,从安顺经关岭、晴隆、安南走到曲靖;平均一天一百八十里。风萧萧兮易水寒。我宁愿背剑或背刀，背驳壳枪太烦。它不但重还老是滚来滚去。我一会儿把它挂在胸前，一会儿把它背在背上。多年后看到影像里那些骑马挎枪的人，见到敌人后拔出驳壳枪潇洒一甩，叭一声枪响，敌人应声倒下，我不知道他是怎么做到的，艳羡不已。我穿的是贵阳中学堂的学生制服，冬装，越往南气温越高，驳壳枪斜挎着挂在肩上很热，挎不了多久肩膀就酸痛。从来没挑过东西的肩膀叫嫩肩。当我住在圆通街，学会给文通书局挑水时，我才知道不光是肩嫩，还因为肉嫩。有多嫩？十六岁那么嫩。若不是为了给父亲报仇，真想把枪丢下河。

从曲靖到昆明轻松多了，地势比贵州平坦，还通公路。贵阳桃花刚开，这边梨树已是一身雪白。

没想过去哪里找他，他的寓所和部队在贵阳，来昆明是为了联络云南王龙云共同对付川军，不可能待在一个地方不动，像老虎那样饿了才出来打食。

我找了间旅馆住下来。真累，一觉睡了十三个小时。醒来第一件事不是去杀他，而是坐下来梳理为什么要杀他。他来过我们家多次，从不穿别的衣服，每次都是军装笔挺，头发又短又粗，行住坐卧英气逼人，父亲书房的门楣有点矮，他进去时只低头不弯腰。即便只低一下头,进去后也要立即整理衣服和皮带。皮带上别着一支手枪——不是驳壳枪,比驳壳枪小,给我的感觉是象征意义远远大于杀伤力。口才极好,说我母亲做的菜比中和天的还好吃。父亲和他相反,一袭长衫,身体略显肥胖,对他赞美我母亲的厨艺不以为然。

上月,中央政府宣布废除中外一切不平等条约,正当所有人觉得扬眉吐气,却被人发现政府面对比利时、西班牙这样的小国时还算强硬,面对日、英、法等强国时则没底气,在诸多问题上显得软弱。有学生以"半夜吃桃子,照到葩的捏"为题写打油诗讽刺。军警进校逮捕学生,报纸公布了这一事实,事情越闹越大,导致学生上街游行。父亲作为报馆主笔亲自上街卖报。他亲自带人收缴报纸,向报童开枪,父亲为保护报童头部中弹。坊间议论,他是故意向我父亲开枪的,不是意外失手。

得知父亲去世的消息,我正在学校跑步,开始感觉这是玩笑,继而发现远山和房舍都铺上一层似是而非的透明的薄雾,属于我一个人的遮蔽和改变。沿南明河回家时,这层薄雾覆盖在水面上一动不动,仿佛是为了将水与天隔开,虽然薄,但坚不可摧。

旅馆老板叫我把贵重物品藏好，丢失概不负责。我没什么贵重物品，上街时把枪斜挂右肩，这是为了拔枪方便，我是个左撇子。这模样有点吊儿郎当，加上一身汗臭，有人鄙夷，有人嗤笑，而我一无所知。

我在金马、碧鸡坊一带转游，这是昆明最繁华地带，他这种人不在这种地方出现还能在哪里出现。金马坊在东，碧鸡坊在西，两坊相距数十米。二坊之间车水马龙店铺林立。真叫我猜对了。这天太阳即将下山，余辉从西边照射到碧鸡坊，它的倒影投到东边街面上。我站在碧鸡坊下面，他穿过金马坊走来。出乎我的预料，他没穿军装，穿的是长衫马褂，白边布鞋，还戴了顶白色博士帽。第一眼就认出来了，虽然有所怀疑，但随着我的心怦怦跳，我知道是他，一定是他。我拔出驳壳枪，等他看见我后开枪。我不知道他是否认出我，反正看见我后他愣住了。我没有犹豫，屏住呼吸开了一枪。我瞄准的是他胸部，那块平整骄傲的地方。子弹飞出刹那，枪管被万钧力量拉住似的下垂，不听使唤。

他双手抚着肚子蹲了下去。我紧张得像被锤打过的刀子即将放进水里淬火。听见有人喊"杀人啦、杀人啦"，我这才掉头逃跑。开始时双腿发软，有点跑不动，跑出十米后又开了一枪，不是故意的，是不小心碰到扳机。这让试图捉拿我的人慢了下来，继而不再多管闲事。

我没法沿路返回贵阳。四十三军军长李燊被贵州省主席周西成打败，也跑到云南来搬兵。此时李燊和龙云的部队已经进入贵州。我只得绕道而行，从昆明到曲靖后折向南行，从罗平向东进入广西。路程遥远，不急，加上报仇成功，却也轻松，还去了柳州和桂林。离开旅馆时我没要驳壳枪，我不愿再拿着它向任何人开枪。当我身无分文时才意识到旅馆老板所说的贵重物品，这支枪在广西这边可卖三块大洋。

回到贵阳，我最大的变化不是从十六岁变成十七岁，而是我从此变成另外一个人。这种变化要用一生来消化，这是命运赠送的岩盐，放在水里化不了，必须慢慢舔舐，直到牙冠不在只剩牙床。

云南人已经占领贵阳，李燊被任命为省主席。这不是我担心的，省主席哪个来当都一样。李燊不到一个月被赶走我也不惊讶。其时流行童谣云：民国十八年，汉板十八圈，主席十八子，只做十八天。汉板是当时市面上流通的铜圆，阴面有十八个小圆圈，围绕小圆圈是繁体"汉"字。

让我担心的是周西成死了。李燊从云南打过来,轻取盘县、普安,周西成执锐与李燊在镇宁一带布阵大战,不幸被流弹击中,年仅三十六岁。我不是为他年纪轻轻死去感到担心或震惊,在一个十七岁的人眼里,三十六岁不算年轻。只有人到中年才会觉得三十六岁年轻。我担心的是他的汽车怎么办。

这是一辆七座雪佛兰汽车,几年前从香港弄回来,一开始雇司机开到广西梧州,到梧州后以船驮载到柳州,再从柳州转运到贵州榕江,经过从江时水涨船翻,汽车像一坨铁一样掉进水里,周西成不想放弃,找了二十个水性好的人去打捞,每下水一次发一个袁大头。打捞起来后拆散运到贵阳重新组装,城区公路只有三公里,这三公里让这辆汽车出尽风头。

我父亲去看了,我母亲去看了,那个人也在看,我的同学在看,全城人都在看。车远不如一架粮仓大,奔跑起来却有如万马奔腾地动山摇。人人都知道它厉害,却不知道它有可能撞死人,看新奇的人像看马戏一样站在马路中间。在我看来,周西成就是这辆雪佛兰,雪佛兰就是周西成。我们都有想摸一下的冲动,但这有僭越之嫌，只好望车兴叹。现在，那个可以随便抚摸它的人走了，它会不会在暗夜里哭泣，或者自己打开车库门冲向郊野，不停地摁喇叭：我来了我来了。它来到贵阳已有两年，现在公路已有上千公里，足够它驰骋。

不过，以上都没让我感到震惊。我震惊的是回到家看到的场面。

我家在九架炉巷。九架炉巷是油榨街一带最繁华的小巷，与大南门隔河相望，旁边有粑粑街、蓑草路、稻香路、龙让路，进城的人在这片歇脚，可寄放马匹或笨重行李。周西成大修公路已将城墙拆除大半，骡马进城仍需特别许可，城墙内街道狭窄人烟稠密署衙嚣张，骑马而行比步行还慢。出城的人在九架炉巷与朋友告别，越过图云关，才算真正离开贵阳。遍布餐馆旅馆妓院店铺和小作坊，饭菜口味粗犷香爆鲜辣，老城里的人也喜欢不时来这边换肠。

走到油榨街时是李燊当省主席的第七天，驱赶他的人正在暗地里酝酿，还没亮明主张和枪炮，一切看上去平静而又平凡。

离家还有百米听见鞭炮声。这是干什么，有人去世了吗？我是个好面子的人，不希望有人认出我。我的学生装已经脏得像从煤棚里取出来的，头发像风中乱草。从小在这条街上长大，认识我的人太多，我没能躲过他们锐利目光的捕拿。捕拿不是打比方，是真实情况。他们既想看到我，又怕我真出现。调皮捣蛋时没少挨他们骂，他们高兴时也没少把我当活宝。九架炉巷铁匠多，喷水池铁匠街的铁匠主要制作锄头、镰刀、菜刀、火钳。九架炉巷主要钉马掌，打造抓钉。就在柜台里面操作，一台火炉、一个风箱、一张铁砧凳就是铁匠铺全部家当。有孩子看热闹，铁匠鼓动他们进去拉风箱。孩子全都抢着拉，这比读书写字好玩，更能唤起少年对力量的盲目崇拜。除了铁匠铺，还有肉铺和生药铺。也有的人家什么买卖也不做，单纯为了安家。收入不高的小职员，国中国小教员，他们多在城外安家。

老君炉铁匠铺的老板娘认出我，一把拿住我的胳膊，胳膊就要被她捏碎，像一把铁钳。我正龇牙咧嘴挣扎，她压低声音道："少爷，你不能回去。"

别的铁匠铺有徒弟有伙计，老君炉只有夫妻俩，老板娘拉风箱或打大锤时胸部飞得太高，懵懂少年都不敢看她干活。出于不敢看又想看的忌恨，拿她的围裙编了句歇后语：火星四溅，她的围裙被烧出密密麻麻筛子眼,有人近视,就说他是老板娘的围裙——尽是眼。近视眼戴上眼镜又被叫作四眼狗。近视和其他残疾一样被半截大爷嘲笑。半截大爷是还不完全知事的少年,自以为是大爷,其实只有半截。

"你不能回去。"她的声音依然不大,但明显是在咆哮。

我也是个半截大爷:"你管不着。"

她男人出来,乜了我一眼:"放开他,叫他进来。"

这男人脸上布满了黑色凸点,像桂花树的气孔,不知是烫伤还是长了那么多痣。老君炉只打菜刀,贵阳有一半菜刀出自他们家,因此颇有威望。他乜这一眼比他老婆的铁骨阴爪还有用,我乖乖跟了进去。进去后他并不理我,自去打磨他的工具,让他老婆陪着我。

"少爷,你妈今天成亲,你不能回去。"

她说什么?我望着尽是眼的围裙和她起伏的胸脯,想起那句歇后语忍不住想笑。我真笑起来。

"少爷,你不要难过,过一阵就好了。"

我不是少爷,即便是,也只不过是九架炉巷的少爷。我想起在学堂跑步时别人大声喊我名字说我父亲出事"你快回家去"时身体所产生的反应,肚皮突然发凉小腿突然发软,视力听力刹那间下降。现在也是这感觉。

我并不想骂人,但和"尽是眼"说话的语气连自己也吃惊:"这和我有什么关系?你为什么要告诉我?"

她没生气,同情地看着我。这是我一辈子感激不尽的表情,像白云一样温柔,像大海一样宽广。他们今天没干活,我是说没烧火打铁。天气太热,什么活不干也冒汗。她擦干流进眼里的汗水。

"坐嘛。"她说,"我给你倒碗水。"

屋子里比其他铁匠铺干净,这是第二个好印象。

巷子里一阵喧闹,"尽是眼"哀伤地摇了摇头。男人没放下手里的工具,拉开门看了看,示意我也看看。我在离门还有两步远的地方停下来,只看到一半场景,这一半已经足够。我看见那人和我母亲在我家门口迎客。第一感觉不是屈辱,而是疑问,这怎么可能,我打中他了的呀。

我的鼻子突然变得非常灵,每一种气味每一种声音都是背叛,我闻到萝卜炖排骨的气味,从此再也不吃萝卜炖排骨,闻到鞭炮炸开后的香味,厌恶鞭炮长达三十年。

这一天我是怎么过的呢？像是为了验证我看到和听到的消息，我必须不停地走，像吃得太撑吃得太硬的人需要消化，我必须一直走，直到消化完我一生遇到的最大的打击。实际上，无论走多远，无论过多久，都像吃进去的东西一样只能排泄掉一部分，有一部分将永远留在体内，虽然不多，却已和其他时间吃进去的东西参与身体构成。我从箭道路走到桂月路，再走车站路、永秀路、和平路、护国路、南横路、中山路、省府路。

通过这些街道名你就知道，我已经走遍整个贵阳。天亮后在龙井巷遇到同学曹唯庸，我叫他给我点吃的。我的模样也让他大吃一惊，他穿的是短袖，我穿的是去昆明时的冬装。我告诉他我不能上学了，他同情地望着我，表示无能为力。我和他走到博爱路，他去上课，我一个人漫游。学堂对面是两河口，市西河汇入南明河，河边有座河神庙。我在河神庙的阴影下睡到阳光把我刺醒。曹唯庸放学后带我去他家。其实是我脸皮厚，他不带我也会跟在他身后。他父亲是文通书局职员，在他父亲的帮助下，我成了文通书局学徒。除了学习整理书籍，还每天到三民东路玉元井挑水煮茶。

我到文通书局安定下来时，新省长李燊被周西成旧部赶出贵阳，据说他去了香港，没多久郁郁而终。这不是我关心的，我关心的是那人为什么没死。

没过多久我知道了答案。中秋节，舅舅这边和父亲这边的亲戚都来叫我去和他们团聚，舅舅特别强调，我母亲和那人不会去，他们已经和她断绝关系。我选择了去父亲的兄弟家。不是因为舅舅和母亲的关系，而是舅舅家太远，我作为学徒只有半天假。

叔叔把两个伯伯都叫来，还有堂兄堂姐堂妹堂弟。他们问我书局如何，书局里的人对我好不好。有个婶婶突然提起那个人，说我那一枪打得真好，没把他打死，只把他下身打废。我打中的不是他肚子，我的天。她的话像一个长打窨，把一池粪水搅浑并窨起来。粪不搅不臭，一搅臭不可闻。那是一个巧合，却要我一辈子与这个巧合作战。

母亲给了我第一个屈辱，他们给了我第二个屈辱，他们越高兴我越难受。我废他下身干什么，我要的是他死。我默默地吃饭，吃完第一时间告辞，从此很少和他们联系。

我不但在书局安身立命，还向一位先生学书。先生说，写字可以让人安静下来。随着承担的事务的增加，受书局派遣去过上海、武汉、重庆、北平。文通书局偏安云贵高原，却可以和商务、中华、世界、开明、大东、正中齐名，是当时华夏七大书局之一。出版过曹未风翻译的《莎士比亚全集》，萧一山的《中国通史》。我作为中层职员，无论走到哪里都受到欢迎。虽不再是半截大爷好面子的年纪，却也颇感自豪。我已去过很多地方，却再也没去过九架炉巷，我连大南门都不想去。不是怕遇到他们尴尬，而是担心自己忍不住怨愤。

世事烦嚣，我以为一切已经结束，至少由我一个人慢慢吞咽，我已经像蝴蝶一样折起翅膀，这和举起双手投降那么像，却仍有人对那一枪念念不忘。这期间战争没完没了持续不断，但这不是我一个人的战争，战争和所有的人都有关系，有的人可怜地死去，有的人勇敢地死去，更多的人心惊胆战地活着。断在我心头的针尖却没有消失，不时扎向心底，或者换个方向扎我一下。我越是不想旧事重提，越是有人兴趣盎然。我成了茶馆和街头艺人嘴上的英雄——我自横刀向天笑，去留肝胆两昆仑，还是个指哪打哪的神枪手。我平生就开过那一枪，没人教过，在旅馆里琢磨了大半天，算是自学成才。严格来说不是我向他开枪，是子弹看见他后自己飞了过去。解释是有毒的花，解释越多开得越艳。

街道上奔跑的人突然多起来，最多的是穿军装背枪的人，他们一窝蜂跑过去，再跑过来已换上平民衣服，努力让举手投足符合换上的便装，倒也学得快，转眼就像做生意的小贩甚至乞丐，身份降得越低越保险。

书局也沸沸扬扬，有人想离开，有人想待下去。作为书局员工，我们的自毫感远远超过银行和政府部门的人。文通书局为贵州文化引来圣火，有拨云见日之功，爱别离于每个人有多么难，身在其中才有体会。创始人从光绪搞戊戌变法那年，也就是1898年就开始请人到日本采购设备，聘请日本技师到贵阳安装调试。设备由日本运到上海，沿长江运到重庆再以人力运到贵阳。逢山开路遇水搭桥不是状貌而是叙事，真要修路真要搭桥，最大一台机器得六十四个人一起抬。途中遇到房屋阻隔，和主人商量把挡路的房屋拆掉，机器抬过去后再修复。组装机器、培训印刷工人耗费十年，到1911年大清最后一年才开张营业。几十年来业务蒸蒸日上，出版的书刊除沦陷区外发行殆遍，得一时之盛。我想也没想就决定哪里也不去。还有哪里值得去？

写字确实让人安静，只要有空就写，二十年从篆、隶、楷、草、行循环往复已有七遍,从汉到清遍临诸家。这天一位同事像缩起爪子的猫一样走到我面前,小声告诉我有人找。我还没站起来,找我的人已经进来。

"我们要走了。"她说。

"我知道你恨我。"她说。

"现在一张机票要十根金条。"她说。

她将一根金条放在桌子上,说:"你结婚时用吧,我走了。"

她流泪了吗?我忘了。我继续临钟繇《荐季直表》,季直为官清廉,卸任后连生活都没有着落,钟繇怀着悲愤与激动上书曹丕,"臣受国家异恩,不敢雷同。见事不言,干犯宸严",掷地有声。我自以为一心不乱,老马识途般笃定。同事说他们身边有个年轻人,二十岁的样子。这事我早就知道,她把枪递给我叫我杀他时已经怀上他的孩子。有一次他被另一派追杀,在我家躲了一个星期,这个星期我父亲正好不在家。她和他之间有很多种说法,我没兴趣了解,贵阳至少有一半人知道,报纸上不时以影射或嫁接方式讲述,有人写小说连载,故事越精彩变形越严重,以至不再和他们有关系。

我的办公室在书局二楼，不可能有人在这里做饭，她离去时我突然闻到萝卜炖排骨的气味，我才知道我并不淡定。这味道是她带来的吗？我没看她的脸，但我知道她已经是一个老妇人，比以前胖，声音比以前短促，喜欢唉声叹气。

她不知道，我结婚时已五十八岁，金条早已不知去向。即使知道在哪里也不敢拿出来。以为不会有孩子了，有个伴，帮忙洗衣做饭，过个十年二十年，这一生也可了了。哪晓得两年后，我居然有了儿子。儿子属狗，像小狗一样可爱。洗衣做饭反倒成了我的事情。这可是我这辈子最愿干的事情，儿子拉在尿片上的屎都是那么可爱，我可通过它的颜色和水分判断他是否健康，吃多了吃少了，或者吃了不适合他吃的东西，不需要凑近看，可每次都凑近了看，一点都不嫌脏。这份心得是传家之宝，意识到所有做父亲的都知道并且无师自通，我才没把它们记下来。

儿子儿子。

我没离开文通书局，公私合营后也没离开。

儿子长大后一点也不像我，像猴子一样调皮捣蛋。我一般都不管他，每次都是他妈痛心疾首，仿佛他无可救药，甚至有可能变成罪犯。他一点也不笨，读书却不专心，对吹拉弹唱颇有兴趣，尤其是吉他，在他房间一练就是一宿，边弹边唱。吉他是他用积攒的零花钱买的，我无权干涉。我对他只发过两次火。一次是他十八岁时，有天突然问我：爸爸，听说你有支枪，能不能拿出来我看看？第二次是他二十四岁时想和海外亲戚联系，去找他舅公打听地址。他妈事后说我：你小声点不行吗？你的吼声把洗脸盆都震得"汤"的一声。我告诉她，不行。

"过去的事情，他哪里知道呀。"

"我没想让他知道。"

我写字不再像年轻时那样勤，因为不写也能安静下来。书局当年的同事的孩子有的成了图书公司经理，有的是出版社社长或总编，他们叫我写本回忆录，写我自己和文通书局，我拒绝了，多高版税都不写。有人说往事越来越清晰，这是当然，可我宁愿在深夜里一个人咀嚼，也不愿拿出来示众。他们无法理解一个老人的固执，不是每个人的回忆都应该公之于世。有人以为能从中窥见历史，其实不过是一场戏。人人都有一场戏，演员不同，剧情大同小异，舞台千变万化，结局却没有多少区别。一个充满痉挛的回忆比忧伤的追念可怕得多,尽管我早已成了回忆的仆人,我也不愿因此唤醒更多往事。

收到过那孩子的信,比我小十五岁。邮递员很轻松地找到了我,因为常年订报纸和杂志,和几个老友书信往来频繁,上了点年纪的邮递员都知我住哪里。信中说父母已经去世,他想回来祭祖。我没有给他回信,和他既没说过话也没见过面,有什么好说的呢。说到底,我和他无冤无仇,他想做什么我不阻拦,也用不着我带路嘛。

我故意把信放在书桌上,没像其他信那样放进专门的大樟木箱。我想看看儿子读了这封信后有何反应。不知道他是遇到什么事还是不再像小时候那么对我书房里的东西感到好奇,他似乎没进去读它。他比前几年安静,甚至有点消沉。失恋了吧,我想。不要紧,我告诉自己,这不过像感冒一样,要不了多久就能自愈。过了差不多一年我才知道他在写小说,他没告诉我,我无意中在报纸上读到一位著名作家对他的点评才知道。又过了两年,他出版了第三本书,我告诉他,你写写九架炉巷吧。他没答应也没拒绝,有一天他突然告诉我:

"没有了。"

"什么没有了?"

"九架炉巷。高楼环伺,只剩一个名字。"

我没他那么沮丧,在心里笑了一下,这样也好。九架炉巷这个名字与孙可望有关。张献忠在成都建立大西政权,孙可望位列众将之首。张献忠死后,孙可望与李定国攻占贵州云南,投靠逃亡中的永历帝。永历四年,也是顺治七年,孙可望在油榨街设九架铁炉打造兵器,派大将率骑兵数万、战象十八头大举进攻湖南。硝烟荡尽,九架炉巷打制家用刀具农具,钉马掌;抗战期间,为驻扎在图云关的红十字总会和后方医院等单位制作病床和输液架。

没有了也好,不再动刀兵。

父子俩第一次认真谈论文学创作。他说创作是发明不可思议的情节。我不同意,无论是文学创作还是其他,只有发现没有发明。一切原本摆在那里,善于发现的人才会发现。

他煞有介事地点了点头:"也有道理。"

"有个东西给你,你爷爷留下的。"

我从书房里找出一把青铜剑,我父亲从湖北监利带回来的，他是监利人，二十五岁来到贵阳。他奶奶去文通书局见我时和金条放在一起，她知道这是我父亲的收获，理应留给我。

"没尖？"

"是的，他故意选了一把剑尖断掉的剑。他赞成伍子胥报仇，不赞成他鞭尸。"

"断掉的有多长？"

"一寸左右。"

他笑了笑："写作没剑锋不行。"

"不是什么都要拿文学来类比嘛。"

我把目光从剑身移到他脸上，发现他脸红了，我于心不忍："拿去吧，现在它是你的。"

"爸爸。"

"嗯。"

"谢谢。"

鲤鱼巷

鲤鱼巷老柳家院子里有一口泉井,水冒上来时把泉眼里的白沙带上来,上冲的力量减弱后,白沙缓缓沉下去,在重力的作用下回到原处。日日夜夜循环往复,似一种游戏,也像一种人生推演:上升与沉沦可在须臾间转换。已有三十年没人来井里挑水,井水冒出来,再从下水道淌出去。在那之前,省粮食厅家属大院的人都来这里挑水。

老柳从公交公司退休后哪里也不去,要么坐在院子里晒太阳,要么在屋子里做菜。他吃得很仔细,凉拌折耳根,要把每节折耳根上的细须拔掉,蚕豆一定要剥去豆眉,菠菜要撒盐泡两个小时,鱼要在头上切一刀尾上切一刀以便抽出腥线，虾要滴菜油喂养至少三天让其吐掉泥沙，猪肉要用毛夹拔掉毛桩，香葱只吃葱白，大蒜只吃红皮蒜。女人和他分手时说：老柳你人好收入也不错，可我受不了你，吃个东西像大家闺秀一样讲究。这个借口站不住脚，但老柳没有细究。从那以后家里只有他和屋檐童子，慢慢拖住时间就是过日子。

鲤鱼巷弯来拐去深不可测，初次进去让人紧张，迷宫般复杂，最宽处不过六七米，窄处只有三米，宽窄不一。鲤鱼巷呈南北向，东为双号，西为单号。每天早上，南巷口稍宽处挂着剥了皮、腹腔敞开的牛。狰狞且血腥。坚硬的蹄子显示它曾经力大无穷。躺在案板上的多半是羊，或者牛的某个部位。分解后的牛羊肉正在陆续走向鲤鱼巷各家各户厨房的路上。有时，肋骨分明、已经被割下一条后腿的羊也挂在那里，嘴半张着，牙露至牙根，仿佛正咧嘴大笑。喜欢吃肉的人看着，也许心潮澎湃，老柳则能不看尽量不看。包围着肉店的是酸辣粉、炸糍粑、炸洋芋、炸火腿肠的小摊。晚上，小街入口两侧主要是水果摊，琳琅满目，柔和的灯光让它们比白天更诱人。

不在此生活的人不知道哪条胡同可穿出去，哪条是死胡同，因此莫名紧张。巷子里的人穿着很随意。越随意，越表明他们是巷子的主人。来来往往，有时还很拥挤，但人们不会主动搭讪，更不会猎艳。这么狭窄也有车辆出入，不多，一般是送货的面包车，或者住户的轿车，只要有车蠕动，行人就得侧身，摆摊的还得稳住雨篷撑杆，坐在街边卖菜卖草药的老人卷起地上的塑料布，车辆过去后再展开。这里既有市井的生机勃勃，也有外人至此如入禁地的神秘。

这对老柳反倒是一种乐趣，他热爱这个地方。他从小就生活在这里，房子是曾祖父百年前建造的。当时一共七户，三家姓柳四家姓肖，建房子尚有条件讲究靠山和朝向，不像后来有块地盘就好，不敢再问坐向。明朝天启年间城北修建外城时，在此筑城门，上设谯楼，外筑月城。城门外大路直通威清卫，城门因此叫威清门。威清门地势和区位非常重要，有诗为证：峰挺狮形争巽位，岭穿龙脉演乾爻。没人知道七户人家何时来此。民国三十八年，老柳的祖父十一岁，喜欢汽车的省主席下令拆除城墙修马路，不再分城里城外。现在，威清门只有半个床头柜么大的一块遗址碑：威清门旧址，2004年12月立。当时的七户只剩老柳家还在，其他几户何时搬离，是湮没在历史尘埃中无关紧要的一个谜。老柳像最后一条老根，刚开始不觉得什么，时间越长越感到自豪。这是他的鲤鱼巷，是他的胞衣之地。

巷子里店铺很多。由南而进，有一家冯二喜老面店。冯氏夫妇在堆满面粉的小小的屋子里加工面条。加工好的面条摆在门口，干面有宽刀中刀细刀韭菜叶，湿面有饺子皮和水面。他们的眉毛、嘴唇、手指总是沾满面粉。真是眨眼一灰间，弹指一灰间，买卖一灰间，灰间一挥间。他们的儿子不时来帮忙，十六岁左右的少年，话少，只卖面，不参与加工，无顾客时看手机。加工好的面用风扇吹干，压面机、面粉、吹风机，全都挤在狭窄的屋子里。收摊休息拉下卷帘门，卷帘门上的面粉如凝霜，如果能做年代测定，最早的已有二十年，最新的却就在今日。岁月积淀在这里看得见摸得着。

老面店斜对面有一栋木瓦房，鲤鱼巷30号和32号。房子十一檩水步，屋顶上黑瓦只占一半，另一半是石棉瓦和铁皮，柱子和穿枋已经糟朽，比小街低了七八十厘米。墙壁上半截是木板，下半截是青砖刮灰。靠南一头，还有砖砌的拖山偏厦。在农村，偏厦大多是厨房。木瓦房确实太老，连野广告也没人往上面贴。墙上有一张白纸——温馨提示：此处危险！三根电线挂在白纸外面，让人不知道说的是电，还是摇摇欲坠的老房子。不过，也看不出有多大危险，即使有，也是小小的危险。就像一个老人，即便怒气冲冲，你也不会害怕。

这就是老柳的房子。临街的一面其实是背面。三十年前，他把临街一面进行改造，弄出四个门面。租金当时一间月三十，现在一间月五百。以屋脊为垂直面前后隔开。前院成后院，屋后当街即鲤鱼巷。院子最初可达几百米之外的贯城河。民国初年，市井逐渐繁华，新建房屋越来越多，院子缩小到只有一百八十余平。一次次改造重建之后，四周高楼像巨人一样站在一旁，院子小到只有五十余平。形状从正方形变成不规则多边形。足可安慰的是白沙井还在。居委会不准饮用白沙井里的水，说这水比不得从前，寄生虫和细菌特别多。老柳听话不用，但每年淘洗一次水井。井不深，三块高三尺宽三尺的石板框住三面，后壁是豹皮状石灰岩。泉水从底部正中间石缝往上冒，除了白沙，还有珍珠般的气泡。老柳把四壁刷得干干净净，为此他买了一个小水泵，以便抽掉浑水。中午太阳直射时开始刷，傍晚抽水，如是者三，最后一晚把躺椅搬到水井边，惬意地看着水井慢慢变成一块绿宝石。积存在石板和水泥地上小窝里的水闪着微光,观察的方向不同,微光的亮度和大小也不同。想到小时候,淘洗水井至少得两个人,一个人刷井壁,一个人往外戽水。两个人要一刻不停从早干到晚。老柳仿佛听到当时的笑声,两个人在里面不是肩膀撞屁股就是手肘戳脑袋,笑声不断。那时候每年只洗一次,用不着洗三次。老柳七八岁时和另外几个孩子在院子里玩耍,有笑声落进白沙井,那时的水因此比现在的甜。老柳躺到半夜,听见修家电的老曹空旷的咳嗽声,又躺了半小时才进屋。老曹修理家电时什么事也没有,一停下来就咳,要咳半小时才能止住。他把偏厦租下当仓库,有些家电因更换配件太贵而被主人抛弃,他像收留孤寡老人一样留下它们。

老柳家租客比较固定,修家电的,卖米糕的,卖爆米花的,开缝补店的。四间冷冷清清的门店,与老柳的性格及陈旧的老房子很般配。他们也把这里当家,在小小的门面里生儿育女。人家房租涨了又涨,他能不涨就不涨,就是为了留住他们。这样一来与鲤鱼巷其他门面对比鲜明。四间门面正对是装修讲究的茶叶店和芦荟专卖店。再往前是理发店和老中医诊所。理发店卫生不敢恭维，毛巾里的碎发蛊人，但手艺还不错，烫发剪发程序大同小异。人一进去，理发师再忙也会送个笑脸：哥（姐）来了，快坐下，好久没看到你了。不像别处称呼帅哥美女透着虚伪。旁边王记烫菜、老字号何姨妈豆豉火锅，生意都很好。尤其是何姨妈豆豉火锅，老远就能闻到干豆豉独特的香味，这比其他广告招牌更管用，可以牵着鼻子走。没有哪天生意不火爆，楼上楼下摆二十张小饭桌，得排队等候。附近居民打包回去吃也得排队。八块钱一位，含肉片、猪肝、豆腐、洋芋、木耳、米饭、蔬菜。每人八块，牛肉面都涨到十一甚至十五块钱一碗，快餐也要十三块钱以上。不对比就没有欣喜，八块钱就能吃饱吃好，大街上不可能有这么便宜的饭店。不远处清镇肖家豆豉火锅、张记流香蹄花老店、清水烫、满口香牛肉火锅，都是八块钱一位，生意稍次，不敢与何姨妈比兴隆。市井的繁华和实惠有关。房子破烂，墙壁上黑乎乎很可疑，但没有这些"配套设施"，食客觉得不香。这叫苍蝇店的气质，大师级的味道。所谓人间烟火，在在处处，旺盛而浓烈。

老柳从巷子里走过时，慈祥地看着火锅店，像老祖看着有点调皮的儿孙，自己从不吃这条巷子里的东西，但儿孙可以撒欢胡来。当公交车司机时用一枚炮弹般大小的保温杯，现在出门依然拎着它，衣服也是公交公司工作服。他的慈祥在陌生人眼里是低调、胆怯，生怕惹是生非。没人在乎他内心的柔软，虽然他也不在乎别人对他是否在乎。他出门是去郊区买菜，那是公交车终点站，菜是当地人种的，他觉得放心。他的快乐不只是买没施农药化肥的蔬菜，还有坐在公交车里的快乐，笑眯眯地看着一拨人上来一拨人下去。自己当公交司机时，不知道哪些人上来哪些人下去。坐公交的大多是和他同一个阶层的人，既对城市的狡黠保持着敏觉，又对自己的卑微心知肚明。公交车驶进郊区，他抑制不住回故乡般的欢悦，常常耍帅似的将衣扣解开，挈着一边衣领贴在腮帮上遐想。不明就里的人还以为他牙痛，其实是不想听车里人说话，只想好好看车外。回到鲤鱼巷，豆豉火锅店那股炸裂般的香味在他看来是一种罪过，一种对食材原味蛮不讲理的歪曲。

　　豆豉火锅旁边，是思亲园公墓咨询点，丧葬一条龙全套服务，出租停尸冰柜，钢架大棚，剃头穿衣，代运遗体，设置灵堂，先生开路，召山谢土，风水择期，迁坟下葬，二十四小时服务。吃与不吃一步之遥，生死也是一步之遥。吃五谷杂粮，没有这二十四小时服务还真是不行。咨询点在凹进去的路坎下，路坎上是杂货店，同时常年招收学化妆学美甲的学员。这是吉庆巷入口。杂货店对面靠墙停着三轮车和轿车，三轮车前，一条上了年纪的狗见怪不怪地打量着行人。这条狗和蔼温顺。抬眼看看老柳，对这个离索群居的小个子男人充满同情。而老柳则为它无法遏止的衰老感到难过。

吉庆巷再往前，巷子稍宽一点，道路被靠墙的轿车占去大半。这些车离墙壁只有五公分，不但窄，还是斜坡，弯道。能在此处停车的都是高手。对于外来者，你会担心它们怎么开出去。一辆接一辆没有缝隙。想象中，非得有一只大手，把其中一辆抓起来，腾出位置，等那辆要出去的车开走再放下来。当然不可能这样，只能说，有些人的生活，你永远不懂。

老柳很少在鲤鱼巷闲走，但依然对鲤鱼巷了如指掌。在认识他的人眼里，他什么也不爱。他自己的看法正好相反。巷子里有一棵皂角树，他像照顾老人一样照顾它，学会给他输液、除虫。有一年，舅舅一家来鲤鱼村做客，舅舅把放羊的绳子挂在皂角树上，让他和表弟荡秋千。每当想起，老柳就会露出神秘笑容。当时有人养牛，有人养羊。养牛养羊都只能养一只，养着玩，却又与现在的人养宠物有所不同。羊就是羊，平时去黔灵山脚下打草来喂养，养大了就宰来吃，不似现在有人把宠物当孩子，老了死了难过至极。老柳一旦想起自己骑羊被羊掀翻在地的情景，会立即笑出声来。现在巷口有一家羊肉店，店主把整只羊挂在支架上当招牌。老柳路过时不想看羊的眼睛却又总是被拉过去，山羊贝母似的眼睛闪着泪光，老柳会因此难过。他宁愿绕道而行，但绕道很不容易，不是大楼把巷子挤得弯来拐去，就是被流动商贩拦住去路。

鲤鱼巷其实不长，如果纯粹是赶路，从南至北，走出迷宫，大约需要七八分钟。杂乱市井与宽整大街，也只有一步之遥。有意思的小店还有老字号刘记烤肉、李叔烫菜、老奶酸萝卜、净肤堂全国连锁店、爱尚依阁、古惑魔发、刘记黑芝麻糊、张氏烤大排、三圆糕点店、小太阳新疆花棉絮店、王老二精选炒货店、黔西土豆姐、范记素粉、蒋记辣椒面。

店铺之间没有关联，所有的店铺连在一起却又和谐统一，一个不多一个不少。店主来自相同阶层，没有多少资本，不勤劳也不勇敢，不精明也不傻，一会儿信心满怀，一会儿心灰意冷，对生存法则的理解既现实又不无消极情绪，在利益面前不屈不挠当仁不让又并非不讲道义，他们的原则是不损人但必须利己。

卖酸萝卜和黑芝麻糊的老人，动作越来越不连贯，越来越迟缓。不过，店主不全是老人，老人忧心忡忡地摆弄小摊时，服装店的老板娘正对着穿衣镜，认真地跳健美操。鲤鱼巷有房产的居民，有多少巴望着拆迁改造不得而知，但一定有并不希望"赚上一笔"的人，他们像老柳一样希望保持原样，因为任何改变都会让鲤鱼巷失去魅力，破坏原有的平衡。

就在老柳又一次淘洗白沙井后，井里出现一条鲤鱼。还没长大，柳树叶那么长，贴在石头上时不易被发现。它似乎对井里没有食物并不在意，像捉迷藏的孩子一样喜欢小角落。老柳趴在井口，像看襁褓中的头生子一样看着它。它是那么骄傲和脆弱，神只用了半粒米那么多的钙质和一滴水把它制造出来，随时都有可能重新还原成钙质和水。井水与蓝天相接，小鲤鱼仿佛在天上游，没有翅膀，但可以像小鸟一样滑翔。老柳感觉到了水井的心跳，小鱼的心跳，这让老柳着迷。鲤鱼巷在成为街市之前叫鲤鱼村。稻田里，水渠里，池塘里，到处都能看到鲤鱼。把一只草鞋踢进稻田，草鞋很快不知去向，变成鱼似的溜走。冬天，祖父扛着锄头，老柳拎着篮子跟在后面，去干涸的池塘里挖鲤鱼。搬开已开裂的泥块，用锄板将湿润的泥土一层层刨开，有时要刨两尺深，鱼才会像藕一样露出来。不慢慢刨，胡乱挖会把鱼挖断。有时两条鱼挨在一起，像伴侣一样紧紧依偎，有时多达三条四条，老友似的难舍难分。也有的离群索居，独自沉睡。鲤鱼被挖出来时和死鱼没什么区别，只有放到锅里，才发现不对似的弹跳，可是为时已晚。祖父吃的是酸菜鱼。将青菜做的酸菜切碎爆炒，丢进两片生姜，舀一瓢井水，煮开后把鱼放进去。鱼身不切断，每隔一寸切一刀，让背鳍相连。从被挖起来到放进篮子，到拎回家刮鳞、剖腹掏肠，被切成段都只是小小地动弹一下。只有滚烫的热汤才能将它激活，但游丝般的魂魄已经离它而去。年幼的老柳每次都看得心惊肉跳，又觉得奇妙无比。汤很鲜，酸菜蘸煳辣椒很香，鱼肉有点绵。被祖父挖到的鲤鱼不到万分之一，等到来年春天，春雨注满池塘，把泥土泡软，睡够了的鲤鱼从老棉被似的稀泥里拱出来，噼啪拍水，为春天鼓掌、为活着鼓掌。

老柳成年后没挖过鲤鱼。鲤鱼村变成鲤鱼巷用不着神仙帮忙，不是一夜成就，是在不知不觉中蝶变的。但村何时为巷，鲤鱼何时消失，老柳没法说清。就像看着自己的儿女长大、变老，但你不知道他何时长大何时变老。老柳趴在井坎上，像看着老友一样看着小鲤鱼。他没和它说话，他知道它不会说话，但他非常想和它说句话。祖父说鲤鱼无论大小，都有三十六道鳞，小鲤鱼的鳞道小得看不清，像花棉袄一样贴身。小小鱼嘴向外嘟着，似要和所爱的人接吻。当他看到它两根小小的触须像黑白电视机天线一样摇来摇去却怎么也找不到喜欢的频道时，他笑得肚子痛。慢慢，他看出它一点也不傻，那不是天线，是一挡、二挡、三挡、空挡、倒挡，摇进掰出潇洒自如，老柳热泪盈眶，它不是它，我就是它。它不是我，我一定是它。它在水中的滑行路线就是自己开公交车的路线。老柳你没退休你只是变小了，你不用在路上开公交，你在水里开公交。（行文至此，作者鼻血突然淌出来，温热、徐徐、缓缓，像另外一辆红色公交车。）老柳希望所有人都来看看小鲤鱼，但他做不到，恨自己口拙。其实不怪他，住在鲤鱼巷的人对鲤鱼村和小鲤鱼不感兴趣，如果有人愿意和他们说说被他们撒在远方的村庄，他们倒可以一边做事一边和你摆几个小时的龙门阵。老曹最终答应他来看看，当他放下起子和电烙铁来到白沙井，他说：哪里有哇，有个锤子。接着一连串打锣似的咳嗽。老柳怪他看得不认真，从屋里出来指给他看，老曹却回到修理店重新拿起电烙铁。老柳趴在井台上看了半天，小鲤鱼不见了，像来时一样神秘消失。

老柳的烦恼除了难堪，还有失望。想不通这是为什么。他在屋子里哀叹鲤鱼村不可逆转，在街上做生意的人却一起造谣，说老柳这人看上去老实，其实鬼点子多得很，说什么鲤鱼不过是为了多骗点拆迁费。鲤鱼巷这条破街，拆迁改造是早晚的事，但他编这么个理由也太牵强太扯了，站不住脚，人家又不是小孩。"人家"是指那些在墙上写"拆"字的人。老柳最后一个知道人们对他的编排、诬陷。他很想骂老曹，责备他散布谣言。如果可以和老曹决斗，他建议把决斗地点放在他常去的郊区终点站。但老曹确实没看见小鲤鱼，况且分权多枝的各种说法与老曹无关，他不是一个喜欢找人聊天的人。老柳顿悟一般责怪自己，小鲤鱼是来找你一个人的，和鲤鱼巷那些人本来无关，你就不应该跑出去张扬。他拍着脑袋骂自己傻瓜。他趴在井台上向小鲤鱼默默道歉，请它回来。但这条娇气的小鲤鱼已经伤透心，再也没有现身。

井水依然不分昼夜从井底冒上来，白沙依然冲上来再沉下去，纤弱的水草像秒针一样移动得既快又一成不变。紧紧吸在井壁上的小田螺，永远就那么几只，最多长到黄豆那么大，吸住时光似的吸住井壁，从不松口，不清楚它们何时生、何时死。它们一直在水里生活，但老柳现在才仔细地打量它们，过去的几十年里，他从没注意到它们的存在。这让老柳觉得，自己在某些人眼里，也是一只小田螺，是一个乏味又无聊的老单身汉。他的养老金不高，但足够找个伴一起生活，又不需要租房子，吃穿花不了多少，乘车用职工卡。他不动心，与其说没兴趣，不如说退休后喜欢主动与人隔离，并把这当作宁静生活的保护层。

在湿漉漉爬行般的思绪中，老柳一病不起。偶尔想起他的儿子那天问他最近怎么样，他连拿手机的力气都没有。这是第一个妻子生的儿子，比他小十岁说受不了他的那个女人没给他生孩子。儿子平时不和他联系主要原因不是这个女人,虽然有那么一点,最大的问题是两人都没什么话说,儿子也不擅长无话找话说。儿子在城市另外一头开了个汽车修理厂,不温不火,总觉得一次次失去发大财的机会,但深知自己能撑到现在已经了不起,很不容易。儿子打电话问老曹,这是他和鲤鱼巷除了父亲之外唯一的联系人。老曹第一时间放下电烙铁走进后院,几分钟后拨回电话,一边咳嗽一边告诉他老柳病得不轻。老曹把老柳送到社区医院,儿子赶到时,老柳表示他已经好多了。他不想住院,医生也说可以在家调养。儿子和老曹聊天时,得知父亲生病的原因,从不远处菜市买来几条鲤鱼,放到水井里后站在鲤鱼巷大声宣告,白沙井里有鲤鱼。

"哪个说白沙井没有鲤鱼,你们的眼睛瞎了吗?"

儿子其实说不出口,和老曹喝得半醉时才以开玩笑的方式干吼呐叫。巷子里的人听见也不在乎,或笑笑,或叫老柳儿子干脆回来开店做片片鱼或酸菜鱼。

只有老柳一个人认真。他佝偻着身体到井边看了看,一眼就认出这是池塘养出来的鲤鱼,是拙劣的冒牌货。他回到屋子,找了半天找出祖父用过的榆木拐杖,不声不响地走到巷子里,照着儿子的头打下去。儿子本来就比他高,自己生病又矮了一截,高度和力量都不够,否则这一棒非把儿子打折不可。儿子摸着头,惊讶地看着被愤怒点燃的父亲,很快就明白自己为什么挨打。老柳气喘吁吁地说:

"滚,给我滚出去,不准回鲤鱼巷,再回来看我不打断你的狗腿。"

老柳费了很大的劲才把肥壮的鲤鱼抓起来,怀着厌恶的心情把它们丢进垃圾箱,绝望的鲤鱼把铁皮垃圾箱拍得噼叭响。他宁愿接受小鲤鱼一去不复返,也不接受欺哄世人的勾当,这是恶行。他没像腹中空脾气大的人那样自我标榜"我老柳"如何,他什么也没说,只把水井又洗了一遍,把大鲤鱼脱在井底的鳞片捡起来贴在石头上。这块大石头顿时像长了十几只眼睛。四周高大建筑的缘故,阳光照到这块石头的时间很短,阳光一旦照射其上,这些眼睛又大又圆,僵硬了上万年的石头仿佛活了过来。

原以为拆迁不过是说说,哪知老柳心情没平静多久,鲤鱼巷开始拆迁改造。改造结束后,王记烫菜、老字号何姨妈豆豉火锅、张记流香蹄花老店、清水烫、满口香牛肉火锅等老店回迁,不可能在原址,地形和建筑大不相同，搭新台唱旧戏也能坚持。同时还增加了牛排工厂、赛维利亚火锅、海底捞、鸭恋锅兔、书亦烧仙草等等新店。冯二喜老面店、电器修理、思亲园公墓咨询点几家没有回迁。不知是从此歇业，还是换了地点。

白沙井保留了下来，扩成鱼塘，请书法家再把水井名字写在石头上，池子里放养锦鲤和乌龟。锦鲤成群结队摇头摆尾接受观赏，乌龟则我行我素一如既往准备随时缩头。

皂角树也保留了下来，安装了漂亮的树围。

老柳离开时什么也没带，只带走了他家的屋檐童子。屋檐童子在他家已经住了三百多年。柳家老祖当年建好房子，在堂屋祈祷，求各路神仙保佑。住在山里的神仙将屋檐童子送来，将屋檐之内的一切托付给它，要让这家人平安顺遂，并且哪里也不准去。几百年来，屋檐童子为他家做了些什么呢？什么也没做，这一点连屋檐童子自己也得承认。

不但什么也没做，还不时给这家人添麻烦。他们看不见，只知道这童子不吃不喝，上旬住在屋顶，中旬住在地面和屋顶之间，下旬住在地上。这家人在下旬扫地时，要一边扫一边说：让开哈让开哈。中旬要取挂在柱子或板壁上的东西，要事先轻拍三下，嘴里说：请让开请让开。只有上旬可以不管。如果要翻开房瓦，选在任何一个月的中旬和下旬就行。翻拣瓦片要两三年甚至七八年才会来一次，所以不用通知屋檐童子事先让开。一个非常小器又没什么能力的家神。平时除了蜷在某个地方睡觉什么也不做，谁要是碰它一下，它会给他们一些小小的惩罚。老柳的爷爷讲，祖上曾在大门槛上锯竹子，不小心把门槛锯了两个小口，结果他老叔公生下来后是个兔唇。老柳的某个祖上在柱子上挂了一把锁，忘了这是中旬，也忘了请屋檐童子让开，结果他女人生下的孩子到三岁还不会说话，直到给屋檐童子道歉，把锁取走，孩子才咿呀开口。全家老少还不能说不能做犯法犯险的事情。曾有一个小媳妇，看见别人的菜园里结了一个南瓜，是那一年威清门最早长出来的一个南瓜，溜圆嫩滑，实在逗人喜爱，她忍无可忍想偷来炒南瓜丝。她的话被屋檐童子听见，当天晚上她嘴里就长了个泡。直到吃了自家地里长出的南瓜才好。老柳家的人只有在别人家才会嘻嘻哈哈地谈论自己家祖辈讲过无数遍的屋檐童子，有小小的抱怨有永远的尊重，但他们从没想过传诵。他们舍不得它，几百年来像迁就孩子一样迁就着屋檐童子。它是威清门最后一个屋檐童子了吧。

有喜欢讲故事的人说，屋檐童子不愿走，老柳劝了七天七夜，让拆迁队的忍耐到达最大限度。直到明白这一带早就没有其他屋檐童子了，才流着泪恋恋不舍地离开。那人的故事越讲越玄乎，说是看到屋檐童子小心翼翼地跟在老柳身后，像一个三百多岁的小孩。

醒狮路

素粉的灵魂不在粉，也不在葱姜蒜而在油辣椒。光是花溪二荆条不行，得加点小尖椒以增辣味。放少量油和盐，将两种干辣椒混炒，炒到焦煳，晾半小时后变脆，用擂钵舂，不要舂得太碎，尤其是不要把辣椒籽舂碎。将半锅菜籽油烧到五分熟，加一小块猪油、两块豆腐乳。豆腐乳化掉后，油已经七分熟。将这半锅油泼进辣椒粉，"嚓嚓嚓"，辣椒们赞叹不绝。

小尖椒籽多，这些籽有可能卡进牙缝，也有可能没嚼就被咽下去。偶尔一粒被嚼碎，香味在口腔里爆炸。又辣又香，食客满足地笑着，向醒狮路孔祥礼素粉点头致敬：真好吃。

制油辣椒不能偷懒，现做现吃。食客发现辣椒还没冷，会是一种惊喜。热辣椒确实更香，香味向外跑。慢慢咀嚼，香味在口腔里打转，咽下去后满肚子喷香。辣椒变冷后等于关上香味的大门，香味只能从门缝里出来，如果时间太长，长到十天以上，香味已从门缝跑掉大半，超过二十天，空气里的尘土和湿气跑进去，只剩油味和辣味，只有节俭惯了的人才会吃这种油辣椒。

孔祥礼分两次做，上午六点和十一点，以便吃早餐的食客能吃到，把米粉当中餐的食客也能吃到。这给素粉店招来不少回头客。

店面太小，大部分客人只能坐在巷子里，蓝色红色黄色塑料凳，有高有矮。屋子里四张不锈钢长方桌。只要不下雨，大部分人宁愿坐在独凳上吃，巷子里凉快。

孔祥礼曾打算换个地方，多摆几张桌子，装修漂亮点。有人说，小馆子搬不得，好多搬到新地方后生意都不好。同样的厨师同样的食材，就是没有老地方味道好。仿佛破烂的小房子也是一种味道。

被油腻和灰尘蒙变色的招牌写的是孔祥礼素粉，其实也卖肉末粉，青辣肉末。这种挂羊头卖狗肉的做法没人指摘。喜欢荤腥的人，碗里没肉就像汤里没盐。

有人劝孔祥礼干脆卖油辣椒，像老干妈那样，办个厂找大钱。马上有识时务者反对，你有那个技术，不一定有那个财运，发财的不光有老干妈，还有老干爹、凤辣子、乡下妹，办厂需要资金需要懂管理和销售，哪有那么简单。孔祥礼觉得对，什么也不要想，好好卖素粉。四十好几的人，还能卖多少年可不一定。做不动了回老家，在老家度过余生。其实他已在贵阳买了房子，面积不大，全款。贷款可以买大点，他不敢贷，你是卖素粉的，万一生意不好，你拿什么去还？

正是因为这份保守，制油辣椒非常用心，有时把烧开的油等十秒钟再倒下去，有时一刻也不等。只有他能看懂热油与辣椒之间的关系，总是恰到好处，如入化境。用不着动脑子，全凭眼看鼻闻，脑子不再与手相连，脑子在想别的事。

如果脑子是一间屋子，孔祥礼的脑子应该是一间地下室，里面不冷不热，年轻时装进去的东西仍在那儿，不去翻什么也没有，随便一翻琳琅满目。有时，他感觉自己在地下室看着粉馆里的一切，恍若隔世。

"我家那个"帮他收钱，端粉，收碗，引导客人入座。他不好意思说老婆、妻子这样的词。老婆有种霸道，而妻子又太洋气。他很少离开厨房，除非她实在忙不过来。夫妻之间很少说话，她的话都说给客人，像硬币一样零碎，重复，说出时有意义，转眼便毫无意义。并不是废话，是日子本身喋喋不休，零碎话头必然速朽。他的话在"地下室"说，一天只有几句，有时几天重复同一句，有时好几天无话可说。

这天有人要了两个卤蛋，她只给了一个，很少有吃两个蛋的呀。客人很是不满，说话大声忤气，孔祥礼忙捞起一个送出来。他的脸色和卤蛋的颜色一模一样，客人没看他承担道歉和解释的表情，负气地把碗放在独凳上，以不吃这个卤蛋和剩下的粉对素粉店予以谴责。孔祥礼杵在那里。

一只黑猫跑过来蹭他小腿，不知道谁家的猫，平时喂它，有客人吃粉时吼它赶它，因为它太爱脱毛，怕毛飞进客人碗里。今天没吼没赶，黑猫带过来两个人。刹那间，孔祥礼的脸色比卤蛋更深。大哥，我们终于找到你了。站在他面前的人带着哭腔说。他身后的弟弟已经哭起来。一种不大体面的情绪涌上来，想逃想消失在他们面前，想往屋子里躲，意识到没有后门，改变主意往巷子外面走。

大哥，这么多年你不来看我们。弟弟哭泣着埋怨，这么多年了呀大哥。

孔祥礼很是吃惊，他们居然找到了我，我该怎么办？有谁能帮我？

这是他亲兄弟，仍然年轻。他不怕他们，但不能让他们进到店里来，进来后生意会一落千丈。

老家的山与房屋从孔祥礼脑子里掠过。二十多年前，三兄弟约好一齐到贵阳找活干，老家刚修好一座水库，刚蓄满水，水像黄泥汤一样黄。以前到小镇去坐车，从水库底下小路走过去，只要十分钟。水库蓄满水后，走路得绕两个小时。家里没船。其他人家也没有。本地人大多没坐过船。修水库前这里只有一条小河，河中安放几块石头就能过河，用不着船。船是他们在电视上看到过的最漂亮的交通工具。黄黄的水面有点吓人，但他们没被吓退，决定以挞谷子的挞斗当船，将竹筒剖成两半当桡片。父亲被他们说服钻进挞斗，四角都坐人才平稳，兄弟们到岸后，他还可把挞斗划回来。

这是一艘方形船。父子四人小心翼翼爬进去。孔祥礼记得，船最初在水上打转，摸索了好一阵，终于掌握要领。二弟高兴地编起顺口溜：

四方船,四方船

四四方方要发财

哪知划到水中间,来了一阵小风,轻而易举地把方船掀翻。事后回忆,应该是船斜了,船上的人害怕,手忙脚乱中翻船。他和父亲抱着同一根木头幸免于难,两个兄弟却沉到水底,遗体没打捞上来。水太浑,底下又有还没腐烂的树木和荆棘。浑浊的水是地狱,树木和荆棘是地狱之网。孔祥礼一个人来到贵阳,父母去世时回去过。他们去世已有十三年。

孔祥礼必须马上找个人劝弟弟,劝他们去该去的地方,这是闹市,来不得。亲人之间没有阴阳相隔,说出来他们不信,得没有血缘关系的人和他们说。

小巷一侧是又高又陡的堡坎,一侧是醒狮十八号小区。孔祥礼素粉在小区负一层。

哪个能帮我?他急切地走出小巷。两个弟弟如影随形。他们后面是那只流浪猫。

小巷口上有个钟表店。修表兼卖纽扣电池。孔祥礼没戴过手表,不知道什么人戴手表,为什么要戴表,戴坏了还要拿来修。这么多年,孔祥礼很少看到钟表匠的脸,只看到过他秃了一半的大脑壳。

这是一栋独立的小屋,原先是身后小区的值班室。小区越来越小,老住户越来越少,住在这里的人越来越杂。钟表匠一开始兼职门卫,大门烂掉,出入自由,成了专职钟表匠。没挂招牌。有机玻璃做的钟表箱就是他的招牌。

钟表箱里挂着电子表,表带有黑色红色粉色银灰色。孔祥礼知道,这是给不准用手机的学生娃娃准备的,离钟表店最近的是达德小学。没见他们来买过呀。钟表箱里有纽扣电池,还有乱七八糟的表带、没有表带的表盘、被拆开的手表、散开的零件。镀镍、镀铬的金属表带正在失去光泽,拆下的零件再也回不到原位。有一条粗犷的精钢表带特别醒目,像缩小了无数倍的坦克履带。曾经戴过它的人大概也老了吧。这条表带被钟表匠拨到一边,和其他破烂玩意稍稍分开。这些破烂要么修不好要么不值得修,为什么不当垃圾丢掉呢?

孔祥礼没和钟表匠说过话,不好请他帮忙。钟表匠何时上班,何时下班,住在哪里,有无家庭,所有这些孔祥礼一概不知。他有没有来吃过粉?孔祥礼觉得他没有来过。

往上走二十米是面馆，肠旺面。房子比素粉店还破，青砖上前前后后涂过白色绿色银灰色涂料，屋顶上最先是黑瓦，黑瓦之后盖过石棉瓦，现在是铁皮瓦。每改变一次面貌，整个醒狮路都焕然一新。肠旺面的名气比素粉店还大，三十年老店。常有人开车来吃，附近不好停车，胆大的停在面店门口，快快吃完快快开走。大概是肠旺面实在好吃，交警睁只眼闭只眼，没来贴过罚单。不过，只能停在肠旺面门口或再往前一点，只能同时停三辆车。跟着停在三辆车后面，对面消防大楼的卫兵会前来制止，叫你马上开走。像兽中之王不许同类进入领地，毫不含糊。

消防大楼的"大"字是个形容词。七层高，四周的房子都比它高比它大。如果"大"字描述的是时间，那么这个"大"字等于七十年。消防大楼由苏联援建，曾是贵阳最大的三座大楼之一，所在位置比另外两座高。当年，大楼脚下全是青砖瓦房。楼顶有瞭望塔，哨兵站在瞭望塔上，眼观六路耳听八方，哪里冒浓烟，立即通知楼下消防兵去灭火。他们是如何分清炊烟和火灾的呢？当时贵阳人的灶房没有烟囱，任凭烟雾穿过屋瓦,在屋顶上匍匐。几十年过去后,曾经的形容词变成了名词,三座大楼原地矗立,地名的意义远远大于大楼本身。

每次经过面店,孔祥礼都不敢朝里面看,免得老板娘说他偷师学艺,或者比较生意好坏。也曾想过来吃一碗,但从没来吃。不是没时间,是有点怕老板娘。她那高高的发髻有点像官帽,弯腰时头不会低下来,官帽端端正正。

听来吃素粉的人说,肠旺面最好吃的不是肠和旺而是脆臊。想买点带走,老板娘不冷不热地说:不卖,我个人家都不够用。意思是她的脆臊只够用来配肠旺面,没精力单独用它赚钱。生意好的小馆子都很傲慢,偏偏有那么多人不但容忍这种傲慢,还欣赏这种傲慢。

常有失恋的人来吃肠旺面,"常忘面"嘛,吃了不要再想。哪知越吃越想,既想人也想面。而有些人谈恋爱,则是从一碗肠旺面开始。

孔祥礼两步跨到对面汉湘街,以免弟弟影响人家生意。到了路口看见"老字号湖南面",忙几步斜穿回来。

有车辆驶过,孔祥礼下意识地回头,担心弟弟。两个弟弟不看车，从车后擦身而过。二弟招呼三弟，你走快点呀，都跟不上大哥了。

往前走是德邦物流、酒馆、商务客房。房子前面有院子，停满了轿车。院子与马路之间有人行道。平时匆匆走过，去菜场或从菜场回来，没任何交集。至于楼上住什么人，凭什么住在这里，这无异于问外国人为什么是外国人。孔祥礼的新房子在花果园，没去住过，简装租出去。每次收到房租，孔祥礼都会如释重负，生怕人家不给。来吃粉的人也一样，怕人家不给钱又说不出口。没人故意不给，偶尔有人忘记，女人发现后追出去他又觉得丢脸。走远了没追回来，却又几天几十天噎在心头。

今天走得比平时慢。想到了一个主意，故意慢下来再突然加速，然后钻进出租车。想了想觉得没用，这么远这么多年都能找到，你能跑到哪里去？

强烈的阳光下，水泥路面蒙了层灰，用糍粑或馒头滚一滚就好了……这么大的太阳感觉不到热，是弟弟跟在后面的缘故，他们自带阴凉。最可怕的是他们不知道累，因为他们没有重量。各种迹象表明，两个弟弟还不知道他们已经不在人世，他们仍然生龙活虎。

孔祥礼为两个弟弟感到难过。他们能找到他，和他对他们的思念不无关系，他想。老二爱胡思乱想，说等他有钱了，要在水边建一个钓鱼旅馆，每间房正中间嵌一块活动玻璃，客人滑开玻璃就可钓鱼，至于坐床上还是沙发上，全凭自愿。老三胆小，连小老鼠都怕。孔祥礼常常想，老三有可能原本是个妹妹，不知中途谁改变了主意，把他变成了一个弟弟。坐四方船那年十七岁，动不动就喊一声大哥或者二哥，又没什么话说。不是他发现了什么，而是必须时刻知道哥哥在他身边。对了，小时候，全家人都叫他妹。其他家也有把男孩子叫妹的，叫到四五岁改口叫名字，他们家一直叫到十岁才改叫他老三。

妹。孔祥礼在心里叫了一声。眼里噙满泪水。

老三永远跟在老二身后，以至有时看不见他。

醒狮路像横放在中华南路和富水南路之间的一柄巨大如意。他们已经走到最高点。左高右低，高的这边是科技宾馆，低的这边是一排板棚房。科技宾馆早就改成"夜郎印象主题文化酒店"，孔祥礼不是嫌新名字长，而是没把新名字当回事，仍叫它科技宾馆。从没进去过，也没住过宾馆。有时看见在宾馆上班的小姑娘，穿着笔挺有型的制服，身材像葱一样好，手指像葱一样白，嘴像辣椒油一样红。在他的比喻中，只能把她们比作仙女。因为他望尘莫及。她们的工作场所一定四季清凉，不像他那个厨房永远热烘烘。

看到左边"星新五金店"，孔祥礼像看到救星一样。五金店在斜坡上，再下去是一个快餐店，快餐店下去是富水南路。这个五金店也开了很多年，他们兼做水电安装。孔祥礼请他给素粉店安装过水和电。两次，一次是刚开店时，另外一次是几年前改造厨房。两次是两个不同的人，什么原因没有问。干活时，孔祥礼和这两个人说过话，说些什么记不得了，唯一记得的是他们和他一样来自遥远的乡下。遥远是他们这代人的感觉，年轻一代不觉得远，高速公路两个小时。

安装水电是一种技术活，他们是怎么学会的呢？这不但要吃得苦，还要聪明。谁守店谁干活呢？好像只有一个人呀，看来不管是钟表店肠旺面还是五金店，都有不为人知的一面，这一面远远超过看得见的一切。孔祥礼觉得自己就没有，素粉、他和"我家那个"没有任何秘密。他的秘密远不如那只黑猫多。弟弟驻足往富水南路方向看，看得入迷，两个弟弟一前一后，同一个表情。他们在看什么呢？孔祥礼看见横杆上的指路牌，三个字和一个箭头：小十字。蓝底白字。

那个箭头给了他启发。如果是在老家，可以不赶他们走。森林越来越茂密，人烟越来越稀少，吓不着人，人也吓不着他们。我可怜的弟弟，我们不再有血缘关系，你们身体里没有血，所以我们不能住在一起。你们先回去，等我回来再说。你们放心，我会回来的。你们朝箭头所指的方向回去，我有一天会朝它所指的方向回来。

五金店的老板在整理工具，似要外出干活。怎么和他说他才明白呢？先叫他的名字，然后告诉他，自己遇到了麻烦，请他帮个小忙，明天请他吃饭。可是，他叫什么名字呢？孔祥礼从来就不知道人家叫什么名字。

刹那间汗如雨下，在醒狮路住了这么多年，二十三年，我，孔祥礼，不知道这条街上任何一个人的名字。

张开的嘴合不上，口型像一艘四方船。

"我不知道他们的名字，一个也不知道。"

所有的苦涩都凝聚在脸上，倏地一下，大地的忧愁也来到脸上。一滴汗水滑进嘴里，咸味让他觉得自己太傻太笨。

"杵在这里干什么,让开点呀。"

看见手里的勺子,发现自己一直站在原地。

"那两个人呢?"孔祥礼喃喃地问。

"哪两个人,人家给钱了呀。"

孔祥礼不带感情地看了她一眼,摇摇晃晃走进厨房,一时连她的名字也没想起。下午三点打烊,洗涮打扫要两小时。他告诉她,两个弟弟今天来了。她叫他去买香烛,汉湘街有卖。那是一条连小车都进不去的小巷,叫胡同更准确。小胡同里有大街上买不到的东西。

香烛买回来,就在粉馆门前堡坎脚下烧。先点烛,然后点香,最后烧纸。他买了一大包纸,这么多年没烧,给他们多烧点。钱纸燃得正旺,突然从梯坎上吹来一股风,风不大,径直吹纸,把燃着的钱纸往巷子外面吹。孔祥礼拔腿就追,火团滚到钟表匠门口欲停欲行。他忙用脚去踩,不小心踢到门上。钟表匠把门拉开,孔祥礼立即道歉。

"对不起对不起,我马上拿扫把和拖把。"

"你这是在消防队门前放火哟。"

"对不起对不起。"

钟表匠不再说什么,退了回去。孔祥礼叫女人快拿扫把来。他刚把纸灰扫干净，钟表匠出来，提了只铁桶，叫孔祥礼在铁桶里烧。桶身上已钻了几个洞。孔祥礼感激不尽。纸烧到人家门前，这要是在老家，怕是要被咒骂。还剩下不到一半没烧，钟表匠问他给谁烧纸，他老老实实地回答，两个死去的弟弟来到了贵阳。钟表匠说：

"你在这里烧怕是不行啰。"

孔祥礼以为居委会或楼上住户不允许。钟表匠说：

"他们来找你，是有事求你。我觉得你应该回老家去烧，给他们埋个衣冠冢。衣冠冢是他们的家，有了家，他们才不会来找你。"

孔祥礼松了口气："过了这么多年，找不到他们穿过的衣服了呀。"

"他们用过的东西也行嘛。"

夜里睡不着，爬起来看手机，不小心点到一个视频，把女人吵醒了。问他为什么不睡。他说睡不着，回去埋衣冠冢得花一笔钱。女人问他多少，他说估计一万。女人埋怨道，又不是十万二十万，为这点钱都睡不着，快睡吧，明天一早我去取。

"你怎么对我这么好。"

"行了,我是你老婆,又不是别个。"

感激地笑了笑。"那我明天回去。"

十余年没回来,老房子还在,屋瓦掉了不少,堂屋的掉得最多,像开了一个天窗。屋子中间长了一棵红芭蕉,娇嫩欲滴。翻找半天,两个弟弟用过的东西不少。作业本、钢笔、小人书、弹弓、陀螺、铁环、竹蜻蜓。没时间感慨,得早点埋好衣冠冢回贵阳,她一个人忙不过来。当年"去贵阳",现在"回贵阳",生起一种感激之情。应该感激谁并不知道。

直接埋不行,得去找先生做法事。记忆中的道士恐怕做不动了,如果还在人世的话,也老之不堪了吧。到隔着一片竹林的人家去打听。三栋房子,没有一个人在家。院子里荒草丛生。后山还有一家,结果更让他惶恐,他看到的是倒在地上的木瓦房。天快黑了,不敢在老屋里住,既没被子也没东西可吃。只能到镇上去。水库已改名叫湖,湖上修了座大桥。

湖边有不少人钓鱼,以为可以找到熟人,走过去打听,人家居然是重庆来的旅客。有点心焦。在贵阳没有熟人,回到老家还是没有,忍不住怀疑,自己是不是也和两个弟弟一样，当时已淹死，那个卖素粉的孔祥礼是另外一个人。

在镇上吃东西时，终于打听到一个表弟的电话。表弟非常热情，马上骑摩托过来。搞清楚情况后，立即带他去找先生。摩托车灯射进黑夜，像大舌头一样舔来舔去，让他尝到了年少时的喜悦。先生找到了，一个五十出头的中年人。说只能做一天，他和人约好要去福建打工，要到过年才回来。孔祥礼觉得做一天有点短，对不住两个弟弟。先生笑着说，这是哄鬼的咯，你以为真有什么用吗，念一天念的是那些，念三天也是。他问有没有徒弟，师父没空，让徒弟多念两天也行。先生说，约他去福建打工的正是徒弟。

无奈，只好给他们多烧点钱纸。买了一百斤。卖钱纸的人很高兴，说第一次遇到这么大方的老板。孔祥礼心酸地想：我算什么老板。

第二天在自己家田地里找墓地，稻田不知被谁种了烤烟，旱地里长满黄荆和苦蒿，不用镰刀边走边砍不能进去。与别人家的地的边界已很模糊。听从先生建议，就埋在房子前面的平地里。以前这块地种过辣椒茄子萝卜白菜，是一家人的菜园子。

连车费只花了一千五百块钱。道士先生五百,车费三百,钱纸三百,烟和其他四百。回贵阳路上,孔祥礼叫老婆给钟表匠说一声,下午来素粉店吃饭,寻找墓地时,无意中找到几十朵伞把菇,分了一半给表弟,还有二十几朵,炖鸡是绝配,鸡是他在老家买的老母鸡,钟表匠一定喜欢。从现在起,他要叫她老婆。还要和钟表匠喝一杯,感谢他指点迷津。买鸡时还买了只公鸡,做法事要用,法事做完后,鸡归道士先生。

十年前那次来去走的是老路,七个小时才到家。现在是高速,不但距离近得多,方向也不一样。那个湖真是漂亮,水远无波,长天一色,但他已经没有回家养老的想法了。

老母鸡宰好后,焯了下水,洗掉肉块里的残血和杂质。除了姜和盐,不放其他作料,以免作料抢味,鸡肉炖到五分熟,把洗好的伞把菇放进去。几分钟后,香气飘到大街上,消防队的灭火器都扑不掉。钟表匠果然喜欢。他不但喜欢伞把菇,还喜欢喝酒。看不上孔祥礼买的酒,从钟表店找出一瓶老酒。

"这瓶酒若是卖,至少可卖三千。"

孔祥礼吓了一跳。

"喝吧,这么好的菜,当然要喝好酒。老板娘,你也喝一杯。"

"不会呀。"

"不会我教你。你看,先把酒杯端起来,嘴巴张开,把酒倒进去,闭上嘴,咕噜吞下去。是不是很简单,学会了没有?"

钟表匠哈哈大笑。

"以前啦,这一带叫茴香坡,长满了茴香。"

孔祥礼安静地听着。

"香和纸在汉湘街买的吧?卖香那个地方叫三板桥,原先有条水沟,水沟上搭了三块木板。'三板桥,过桥不见桥。'地势太低,桥又短,走过去就看不见。这条街本来叫汉相街,过去有汉相祠,供曹参与萧何,他们当过丞相。有段时间也叫草鞋街,小街上全是打草鞋的人。打草鞋的供刘备为祖师爷,杀猪的供张飞,织席的供关羽,这三个结拜兄弟都是手艺人。这酒怎么样,是好酒吧?"

孔祥礼点头又摇头:"给我喝可惜了,我又不懂酒。"

"不要这样说嘛。你知道醒狮路为什么叫醒狮路吗？你肯定不知道。从前啦——我先喝一口。"

孔祥礼暗想，他讲故事的口气和老家那些老人一样，从前啦，为什么不是现在呢？

"你那天把纸烧到我门口，我想出一句歇后语。消防队门前烧火——等着灭。哈哈，等着灭，太好了，有些人等着灭，有些事等着灭。很久以前，有个人叫龚图。很少有人知道他叫龚图，只知道他叫龚半城。"

"这么有钱？"

"不是因为有钱，是声音大。他曾经是个卖豆芽的，只要他一出声，半个贵阳的人都能听见，都来买他的豆芽。哈哈，那时贵阳很小。龚半城卖豆芽没发财，跟着一位将军去打仗，大概因为穷人不怕死，打仗很卖命，打了几年自己也当上了将军。回到贵阳后，在茴香坡修了栋大房子，门前立了个铜狮子。别人都是立两个，他只立一个。虽然当了将军，一点也不敢骄傲，我叫龚图，图什么呀，还是叫龚半城好，什么东西都只要一半，不能多要。几百年后，一个云南的军阀占领贵阳，嫌将军府挡路，把将军府拆掉了。剩下铜狮子孤零零地立在那里。没过几年，铜狮子也不知去向。铜狮子不见后，人些睡醒了似的，给这条街取了个名字叫醒狮路。"

黑猫钻进来,孔祥礼正准备给它一块鸡骨头。表弟打来微信视频。孔祥礼发现,老家的人都喜欢用微信视频而不是语音,不知道为什么。表弟的脸一会儿近一会儿远,很近时牙齿上的氟斑清晰可见,还有往外翘的鼻毛。表弟在视频里说,他今天又去孔祥礼家附近山坡找伞把菇,正撅着屁股扒拉,听见咔嚓轰隆声,抬头一看,孔祥礼家老房子倒掉了,瓦片像泼水一样泼到地上。表弟非常兴奋,夹杂着惊叹声和骂人的口头禅。

"狗日的,吓得我脑皆歪。"脑皆歪是最高程度,相当于魂不附体。

孔祥礼暗想,给弟弟埋了衣冠冢,他们的魂不再进老屋,老屋再也支撑不住,倒了。表弟的镜头里,太阳正下山,天边霞光万丈。老婆有点遗憾,说早知道应该卖掉,能卖几个算几个。孔祥礼说,原先想的是老了回去住嘛。

钟表匠说,倒就倒吧,将军府和铜狮子都不知去向,何况木瓦房。

孔祥礼点头,"能不能问下你叫什么名字?"

"这有什么不可以的,我叫龚自安,龚半城是我们

醒狮路

龚家在贵阳的始祖,我那个钟表店,是以前立铜狮子的地方。"

孔祥礼端起杯子敬酒,"你是我知道的第一个名字,在这条街上。"

"什么意思?"

黑猫叫了一声,眼巴巴地看着他。"没什么意思。"他捡了块鸡骨头放地上,黑猫没去叼,而是在地上打滚。他不理它,黑猫喵喵叫,他一看它,它又开始打滚。"什么意思嘛?"他问。黑猫爬起来朝屋外走。拉开门,巷子里还有一只猫,也是黑猫。两只猫并排站着,一起向孔祥礼叫唤。谈不上漂亮,叫声特别可怜,像两个无家可归的孩子。他说:进来吧。

两只猫乐颠颠地进屋。

"你养的猫?"钟表匠问。

孔祥礼点了点头。

葛关

范轩准备去集市,被惨烈的叫声吓了一跳。柠檬和西瓜在打架。柠檬是范轩养的猫。西瓜是对面老周家的猫。两只猫滚成一团,嗷叫声从喉咙发出来,脊椎和肌肉柔软又有劲,嘴和爪子快如闪电,银团翻滚,猫毛乱舞,有些像旋转的雪花,有些像摇摆的孑孓,还有些像逃遁的蚯蚓。范轩是画家,痴迷力量和色彩,把运动的东西都看成是一种生命。老周从院子里跑出来大声制止。柠檬趁机落荒而逃,西瓜猛追几步来了个急刹。老周问范轩为什么不吼它们。范轩不好意思地笑了笑,确实应该制止,看傻了。柠檬打不过西瓜,它个头大,但没西瓜凶狠。主要原因是西瓜一直生崽,常年当母亲,为母则刚。柠檬只生过一次，做了绝育手术后长成个胖团团，像个无所事事的贵妇，除了唉声叹气，终日只有烦闷和伤感。

范轩倒回去查看柠檬是否受伤，它不理他，从草坪跑过去后钻到蔷薇花下面，任他怎么唤也不出来。

集市在对面斜山坡下面，步行半个小时就到。坡上是别墅区，与坡下被笔直的堡坎隔开。坡脚是回迁房，外墙颜色和别墅区都是巧克力色，但造型和规划完全不同，加上楼层的高度，回迁房和别墅区一下变成两个世界，没有分别执着的人也能一眼看出来。回迁房再往前是灌木丛和杂花地，杂花地边缘是铁路隔离网。

没被房地产公司征用前，坡下有百余户人家，或三层或两层或一层，像各自的穿着打扮，体现各自趣味和财力。情趣往往是借口，主要是财力。当时街上有十几条狗，大小和品种不同，莫名其妙地跑来跑去，只有狗知道自己是哪家的狗。新街不再有自由自在的狗，它们被关在家里，被拴在铁门上、电线杆上。老街有正街和副街，正街有馆子和烟酒店理发店小诊所邮电所，天天营业，生意清淡恒常如初。副街是流动商贩，卖猪肉和蔬菜水果，也卖种子和农具五金，衣物和床上用品。在或大或小的摊位之间夹杂着膨化食品香烛纸钱以及小家电。新街全是流动摊贩，天天营业的商店被小超市和连锁药店取代，超市也冷清，赶场天被流动商贩挡住，脸都不露一下。

老街以前叫葛关，挖掘机挖过之后，地名也被挖掉了。地形地貌变化太大，连原来的老住户都不好意思再叫葛关。迁回来过了两个春节，他们才慢慢习惯叫太阳谷社区。场期恢复，流动商贩六天来一次，只有他们仍然叫葛关。像退休多年的老人，遇到原单位同事，不管人家已经六十甚至七十，仍然习惯叫人家小王小张小李。这是一种见证，也是一种怀念。

范轩搬来大半年才开始赶场，一开始不是为了买东西，是因为无聊，与其在马路上闲逛，不如去集市看看市井百态。

离集市还有两百米，范轩看见自己家的车从身边快速开过去。心里咚咚跳，她来这里干什么？不是一早就出去了吗？有什么事瞒着自己？要不就是车被偷了。想给妻子打个电话证实一下，想想算了，看看再说。

新集市像一把勺子。勺底建了栋五层楼高的房子，围着这栋房子的摊位生意相对较好，往场口收缩成勺把，勺把一带的商贩简直像在磨洋工。从市区搬到生态城，朋友们说没有必要，生态城生活不方便。范轩想的是离烦嚣远点，尤其是单位上那些蝇营狗苟。

勺把上的商品无人问津。明晃晃的不锈钢制品铺了一地，没有包装的内裤十块钱三条，风湿病特效药十五块钱一盒，还有几十块钱一套的衣服，七块钱任选两样的塑料制品。堆积如山的内裤让范轩想起那个笑话：某人发现下身变成墨绿色，以为要被切掉，即便不死，幸福生活也将结束，医生检查清楚后告诉他没生病，是被褪色的劣质内裤染色，洗干净即可。不锈钢和塑料制品不是没用处，而是用不了那么多，它们百无聊赖地等着尘土落到身上，不时被人带走，不用为它们担心。

范轩怀着不解和同情，不明白他们为什么每场都来，除了卖风湿特效药以录音喇叭反复叫卖，其他全都一声不吭。不依不饶的叫卖声催眠效果远远大于招揽。耳朵一旦被灌满，会不知不觉沉入梦乡。其他摊主不得不聚在一起打牌聊天。有时会有一小卡车水果加入，以车厢为摊，将写有水果名称和价格的纸板插在水果之间后低头看手机。手机里不时传出模式化的笑声，小商贩看得津津有味，一旦收起手机，表情立即和写牌价的纸板一个颜色，有种麻木和无赖。

范轩觉得不买点什么对不起他们，却又觉得你拯救不了他们，甚至，他们根本就不需要你拯救，需要拯救的是你自己。精神不完全是物质，时常会受到环境辖制，搬到这边后神清气爽，不存在朋友们说的离贵阳太远不方便。心远地自偏是一种修行，搬走是逃避。逃避见效快，像吃止痛药一样立竿见影。

勺把与勺底之间这一段的主要商品是种子和农具。农具不再像过去那样笨重，材料和功能以轻便为先，成了日常消耗品，比木制的笨重农具好用，但入不了画。种子对面一个人卖解放鞋，一个人卖古老唱本和命相书籍。卖书的摊主当过语文老师，葛关很多人曾是他学生，学校拆了，提前退休来摆摊。这些书印刷粗糙，没有定价，一律十元。有《鲁班书》《鬼谷子》《推背图》《称命书》《梅花易数》《阳宅三要》等三十多种。生意明显比卖山寨工业品的强，不是因为他曾是大多数人的老师，而是每个人都希望把命运掌握在自己手里。他的广告词是"一命二运三风水，四积阴德五读书"。

"既然读书排在最后，读书干什么呀？"

"读书识字，不识字你怎么读这些书，你想。"

"教学生时也这样说吗?"

"哈哈,教学生说的是好好学习天天向上。"

范轩买过一本《称命书》,只有十几页,给人命比纸薄的危机感。给自己称过一次后喜欢给朋友称,得知手机上也能查到后再也没兴趣,再次找到时已被柠檬撕成碎片。

勺底一边高一边低,像要将这块巧克力似的房子舀起来。范轩以顺时针方向从地势高的一边进去,从低的一边出来。每次走两圈,第一圈看看有什么菜,第二圈再决定买什么菜。买来吃一个星期。他非常注意搭配。

斜坡上左边菜摊是大蒜和生姜。摊主是个胸部超大的女子,五官也不算丑。顺带卖海带和豆腐皮,还有花椒胡椒八角茴香。范轩不会做卤菜,对调料一知半解,不敢乱买。生姜和大蒜买一次用半个月,花椒胡椒买一次用半年。他想不通的是,凭那么大的胸和还不算老的年纪,用不着在这里摆摊呀,去贵阳,肯定能找到比摆摊收入更高的工作。一般人对她的胸视而不见,只有范轩不好意思,不看觉得自己虚伪,若无其事地看又抑制不住想多看几眼,真的大,在别处从没见过。有一天女子不在,替换她的是一个五十来岁的独眼男人,应该是她父亲。范轩顿时对她充满无限同情。再看她时,表情比以往自然得多。

前面三岔路口小摊也卖生姜,精心挑选过,比其他摊位贵,废料少,贵点也值。挨着的是眼镜店。眼镜以太阳镜为主,挂在旋转木架子上,浪漫而又风尘仆仆,其实卖得最多的是老花镜。老花镜摆在桌子上,眼镜腿互相交叉铰合,取一个会像钓马虾一样把另一只钓起来。不过不要紧,掉下去也摔不坏,塑料镜腿,树脂镜片。选不中,摊主一把薅过去一把薅过来,翻炒栗子一样,翻炒一遍叫你再选。

第一次买老花镜的中年人有点惭愧有点不好意思,买过多次的老年人则希望挑到以前同款。范轩觉得自己有点老花,应该还不到戴老花镜的程度,其实不想早早戴上老花镜,不想把自己划入老年之列。知道这是烦恼障,是见思惑,要摆脱却也不容易。

左边摊很长,商品零乱,既有芋头粉红薯粉腐竹淀粉等干货,也有冬瓜南瓜芫荽韭菜胡萝卜洋葱。生意不错,只是每一单金额都不大。摊主是一对精明的年轻夫妇,你只想买一斤,他们一定有办法卖给你两斤。

垂直于勺子的马路更陡,向山坡延伸,四栋只住了几户人的楼房。路两边是摆地摊的老太太,塑料薄膜上有青椒茄子,豇豆篱笆豆猫猫豆,刚从地里摘来,非常新鲜。有时还有柴胡和狗牙瓣,香椿水芹菜蕨菜野生冻菌。不多,最多不过六七个摊位。像一种接力赛,当一个老太有事来不了,甚至带着不好意思进入坟墓,会有另一个老太背来田边地角的出产在这里摆摊。老太们谦虚又固执,艰辛又慈悲,有时还有点天真。她们更喜欢现金支付,如果你非要电子支付,支付完一定要给她们看清楚,否则会怀疑你没付钱。她们卖的东西不但来自泥土,还有来自季节的信息,季节之外的东西从不曾在她们的塑料薄膜上出现过。

勺边与垂线相交后开始下行。此处有时会卖牛肉。柱子上挂着牛腿牛头牛肋骨,只有半头牛的肉,集市太小,卖不掉整头牛。可以说购买力不够,也可以说老葛关人吃不惯牛肉。有一度,大概是1951年到1981年吧,他们连鸡蛋鸭蛋和各种鱼也吃不惯。

不管卖牛肉的来不来,斜对面卖猪肉的一定会来。半扇猪肉挂在铁钩上,另外半扇已被割成几块供人挑选。最引人注目的是猪头,立在案板上,嘴筒子向天,眼睛半闭,看不出痛苦,反倒有种莫名其妙的骄傲,似在嘲笑明晃晃的天空。痛苦不堪的是杀猪匠，他的生意不算差，不知为何一脸苦相。多数时候不悲不喜，手提尖刀，仿佛是延伸出去的手指，用刀尖指着肉复问客人："是这里吗？要几斤？"不讲价，有客人问能否少点，杀猪匠不说话，无奈地笑笑。支付码挂在铁管上，既可微信也可支付宝。如果中午前不能卖掉大半，他是笑不出来的，过了两点几乎不再有人来买肉，肉不新鲜，单价会直线下降。运气好时，一早就有人买走猪脚或猪头，杀猪匠会用喷灯把猪脚和猪头烧得焦黄，洗干净后砍成小块。生意再好也没开心过，他总是忍不住想，这一场生意好不代表下一场生意好。事情往往不幸被猜中，任何人都不可能天天运气好。焦虑到厌世的程度，怕是对猪肉的味道都有影响。

不经意间看见那辆车。颜色完全一样，车牌中间有一个字母不同。自己看错了。幸好没打妻子电话。惭愧地笑了笑，那个猪头也在笑，你呀，就这心胸。

猪肉摊对面卖鸡，杀好洗好的跑山鸡。卖鸡的女人四十出头，性格和杀猪匠正好相反，只要她在这里，小街总是笑声喧哗喜气洋洋；不但能说会道，还动不动就哈哈大笑。嗓子有点破，如果那些鸡没死，她走到哪里它们也会跟到哪里。声音像老母鸡，既有护崽的凶悍也有招呼鸡崽的温柔。她说得最多的是，这些鸡全是她从乡下收来的，吃虫虫吃粮食，从没吃过饲料。"不信你买只回去吃了看，我保证你下回还要买。"无论笑声还是说话声，似乎天生就该做这一行，不应该选择也不能选择其他职业。

再往下是豆腐摊和蔬菜摊，豆腐摊有白豆腐、菜豆腐、魔芋豆腐、血豆腐以及豆腐干，蔬菜摊除了时蔬，常卖季节性产品，嫩苞谷、新洋芋、毛豆、鲜笋，生意极好。嫩苞谷不是一堆，而是一车，双排座运来，一家人齐上阵，现撕箨皮，撅断时噼叭响，加上嫩苞谷本身的清香，原本不打算买的人也忍不住买两个。

在这些大摊中间有个不起眼的小摊。地点不固定，东西摆在提篮里，有时是几束野葱，几束蒲公英，或者金银花、地牯牛、蕨薹、香椿、刺苞、地木耳。每次不会超过三种。摊主是个老汉，东西总价不到二十块钱，场场来，也不说话，要笑不笑地看着行人，就像不卖点什么，他不好意思坐在那里。他坐的是一块空心砖，粗糙的砖块已经被他磨亮。

范轩在这里买菜有两年。以前在超市买菜，总觉得小集市上的肉不卫生,在葛关买习惯后却又担心超市里的蔬菜农药化肥超标。知道这是一种强迫症,却对只能在超市买蔬菜的人不无同情。范轩买菜特别注重颜色和新鲜度。美术导师说过,你不但要知道它们的性,还要知道它们的味。"不是画得像不像,是要画出蕴含的精神。"不是鲜艳和水分多,而是饱满和昂扬。画了小半辈子,在圈子里不温不火。同行没心没肺地说"不错""还行",其实是把他当成二流甚至三流画家。他喜欢一个叫法常的南宋画家。法常的同辈说法常"粗恶无古法",僧房道舍挂一挂还可以,挂在别的地方,实在有辱斯文。法常一生遭受冷遇,直到明清才逐渐被认可,画作传到日本,仿学者如云,被奉为日本禅画大恩人。范轩没想过死后如何,只想活着时好好画,"画自己的"。有时沮丧想要放弃,却又不甘,"错皆在我"。

家里就两个人,范轩和妻子,他们早已习惯一日两餐。妻子喜欢泡椒板筋,板筋买半条即可,重约一斤,分两次炒。两斤五花肉或三线肉,一斤排骨。五花肉炒洋葱,三线肉炒青椒,排骨做成糖醋的。鸡每个月只买一只,公鸡母鸡都行,公鸡炒着吃,母鸡炖着吃。炒公鸡加魔芋豆腐,炖母鸡加土豆或香菇。偶尔买点牛肉,切丝佐以青菜爆炒。

有时想,自己画不如人,是不是生活太好太匀净。日常生活与创作肯定有关系,关系在哪里,如何协调,却又没个定准。可以肯定,整天清汤寡水,同样画不出好作品。法常有幅《客来一味》,一株大白菜,生机勃勃跃出纸面。女儿节日问候,范轩把这幅画发过去,意思是这个好。女儿妙回:"白菜精。"还没来得及问什么意思,女儿补了一句:"白菜在跳舞。"范轩感觉惊喜也感觉惭愧,法常白菜的主旨在这里,自己居然没看出来。

想起刚才路过被遗弃的工地,乱石堆上一大片野葛,带毛刺的叶子耸然隆起,宽阔的菱形叶子层层叠叠,将乱石滩严严实实覆盖。在不友好的叶片中间,柱状花序娇弱地露出一半甚至一小半,花瓣蓝紫色或紫色,轻轻一碰就会脱落。叶片剑拔弩张,原来是心疼娇弱的花儿。当年遍地野葛,虽不好看,却在荒年救了不少人。

与野葛明显不同的是紫色牵牛花。在樟树脚下膝行,或者匍匐在沙子上,叶片苍老稀疏,不开花很容易被人忽略。紫色牵牛的花语是断情。确实有那么点意思，花开得特别漂亮，薄薄的发亮的紫色花瓣落落大方，可惜很快就打蔫，以看得见的速度缩小，皱成指甲盖那么大后变黑，落在石片中比石片还小还不起眼，犹如有才华没有背景闪亮登场后销声匿迹的少男少女。

牵牛花是一种害羞的花，范轩是一个害羞的画家。这种性格有时会被羞辱，同时也让他越来越恬淡。搬出市区后，不需要时时提醒自己心远地自偏，和圈子里的人交往越来越稀少，这种物质性的隐入让他卸下无关紧要的包袱，效果明显。买菜就是买菜，是最平凡的日常，在范轩却有着隐入凡尘的喜悦。想明白了同样有点可笑，在这里没人知道他是画家，但自己知道。这同样是一种障碍，一种执着，只是从没想过要摆脱它，自己取笑自己可心生欢喜，这种欢喜超过任何一种夸奖和赞许，像樟树含蜡质的嫩叶，自在地发着光亮。

杀猪匠说他没杀过猪，屠宰场统一宰杀，私自宰杀不允许。范轩问他杀猪时要不要先把猪绑起来。杀猪匠像必须澄清小小的污蔑一样认真解释，他没杀过猪，不喜欢别人把他等同于杀猪匠，他卖猪肉是做生意，他是生意人。范轩这么问，是因为他有个学生在乡下当美术老师，聊天时邀请他去写生，去吃杀猪饭。去之前一定要提前联系，他好请人来杀猪。寨子里没年轻人，得把猪绑到杀猪凳上才能杀。杀猪匠和范轩第一次说这么多话，像揭开炖肉锅盖听见咕噜声一样自然，也像炖锅里的咕噜声此起彼伏，因为杀猪匠同时要和好几个人说话。范轩要的板筋排骨已留好。杀猪匠说今天的腿筋肉不错，范轩问怎么吃。杀猪匠叫他炒鲜笋。他刚才已看见集市上有鲜笋。范轩说那好，除了排骨再要一块腿筋肉。

"这是猪身上动得最多的地方，弹性好，要横切。"

"动得最多的不是尾巴根吗？"

"尾巴根不够炒一个菜。"

杀猪匠很会炒菜，妻子夸范轩做菜越做越好，其实是杀猪匠教了几招。杀猪匠曾在海南开馆子，既当老板也当厨师，当年去海南叫下海。别人的餐馆生意极好，他的餐馆生意却不温不火。两个当服务员的姑娘闲着无聊，开发票玩，你开一张我开一张，从几千到几万，最高一张十万，把一本发票填完才罢休。本意是希望餐馆生意真这样好，不知道这玩笑开不得。收税员说有偷税漏税之嫌，杀猪匠吓得屁滚尿流，当天晚上逃到海口，

第一时间逃回贵阳。回来后隐姓埋名，拉过板车，做过小生意，几年没睡个好觉。有陌生人进村，偶尔响起的警笛声，看见穿制服的人哪怕是个水管员，他都怕。杀猪匠说罢嘿嘿笑。清醒时相信风险彻底过去，梦里仍然心有余悸。范轩也觉得好玩，发现倒立着的猪头比任何时候都笑得开心。无论盯着它看还是随便扫一眼它都在笑，眯着眼睛笑。范轩没买过猪头，收拾起来麻烦。今后更不会买，那个表情吃不得，吃到肚子里会心慌，会被它的笑扰乱肠胃，会坐立不安。

范轩笑了笑，觉得自己和杀猪匠有点像，都没有值得炫耀的过去，也没可期的未来，只有听从自尊的安排。

把猪宰成若干块后，它们彼此不再相关，害怕猪头却喜欢吃板筋排骨五花肉，这有点奇怪。古人评价董源画的牛和虎：肉肌丰混，毳毛轻浮，具足精神，脱略凡格。毳毛长在动物身上似乎并不那么好看，在画家笔下却生动脱凡。这或许就是精神，范轩想。精神不是创造，是活着的样子。只有人才会关注活着的样子是什么样子，把这种样子记录下来，却又只有极少数人才能做到。

卖鸡的妇人看见范轩，笑着招呼："来了？"范轩没打算买鸡，卖鸡的妇人却对不起他似的解释，今天没有鸡，这几天她去了关堰、庙塘、后坝几个地方，一只鸡也没收到。她悄悄告诉范轩："得鸡瘟，鸡都死光了，不要说哈，不准说。"她叫范轩放心，下一个场期到来之前她将去更远的地方，一定能找到跑山鸡。竹筐里有杀好的鹅和鸭。鹅脖子搭在竹筐上，足有三十厘米长。

"你一个人去吗？"范轩问。

"哈哈，不是一个人还能是一帮？又不是去打老虎。"

这时飘下一阵太阳雨，妇人的笑声更加响亮，她也没伞，和范轩一起跑到杀猪匠的伞底下躲雨。范轩有种莫名的感动，和他们仿佛是失散多年的兄弟姐妹，人生的路不同，从生活里尝到的滋味却完全一样。

雨脚打住，地面半湿，像蒙了一层湿漉漉的水膜，刚刚好。

妇人回到竹筐前。范轩倒回去买鲜笋。买好笋子又买了二两姜和蒜。觉得差点什么东西没有买，却又想不起是什么东西。

转角处蔬菜摊有难得一见的阳荷，范轩喜欢它的颜色，不喜欢那股强烈的药味。阳荷是姜科多年生草本，大多野生，根茎刚冒出地面就用小锄去挖，荷尖黑中透红或红中透黑，腕足部分嫩白如玉。如果土豆以黄泥为食，阳荷就是以地火为食。色彩归根结底是一种表象，一下就能区别物与物的不同。色彩从不试图变成一滴物质，如果特别强烈，不过是为了告诉人和动物：不要吃我，我一点也不好吃。奇怪的是，这一点动物记住了，人却总觉得它有另外的功能。阳荷的根、茎、叶都有祛风止痛、消肿解毒的药效，人却硬说吃它能壮阳。如果不是这功能，人是不会吃的，至少大多数人不会，辛辣又有股药味，并不好吃。

豆腐摊的豆腐分别装在三个大钢盆里。今天最多的是菜豆腐。天气热不想动弹，菜豆腐可直接蘸油辣椒，也可煮汤，简便。不像白豆腐和魔芋豆腐，需要再加工。妻子不喜欢菜豆腐，嫌它粗糙。范轩有很多年没吃，偶尔有点想，又觉得一个人吃没意思。一大家子人就好了，买他几斤，筷子剜上一坨，在油辣椒里打个滚，又辣又香，快意。朋友说，范轩迁就妻子是因为他妻子长得漂亮，是个大美人。范轩听到这种说法从不辩解。他觉得不是迁就，是她懂他，而他也懂她。

范轩转到第二圈，从杀猪匠手里接过板筋排骨和腿筋肉，这才知道不是差什么东西没有买，而是没看到卖小菜的老者。平时不管他提篮里有什么，范轩总要买一块钱或两块钱的。金银花有时被妻子插玻璃瓶，有时被她晾干后泡水。范轩比较喜欢地牯牛。地牯牛又叫草石蚕，还有一个好听的名字叫甘露子。叫甘露子是指它的味道，像带甜味的露水。这股甜味极淡，味觉极好的人才能尝出来。叫它草石蚕是外形像蚕蛹，白白胖胖，藕节，大小亦如蚕蛹。老者挖半天只有六七两。曾经，大概是1996年到千禧年左右，草石蚕被一些人故意说成冬虫夏草的鲜草，这让不少人上当。有钱人家用它炖汤，舀进汤碗时（最多两根）忍不住炫耀，冬虫夏草哦。怀着敬意细嚼，味道像百合，微苦，以为这是药效，更加崇敬。一旦知道它是草石蚕，顿时觉得味道不如萝卜，很少有人再炖，大多和蒜瓣豇豆仔姜一起泡。与酸豇豆一起炒肉末或喝粥时当咸菜。嚼得咔嚓响，脆性。范轩解决不了泡菜生花的问题，泡过两回后再也不泡。草石蚕买回来，捡两根放在画案上，有兴致时画两笔，没兴致就任其阴干。阴干后和冬虫夏草相去甚远，只见过冬虫夏草照片的人也知道两者大不相同。

范轩和老者说的话远不如和杀猪匠、卖鸡的妇人说的多，只知道他住得不远，有土地和山林。土地在两条铁路线之间，黔桂铁路和贵广高铁。土地不可能被征用，村子像狭长的孤岛。老者说起这事嘿嘿笑，说不占更好。年纪大的人都不想丢失土地，年轻一代则为没被征用抱怨，抱怨铁路从门前过，抱怨祖上没选好地方，他们不知道五十多年前，黔桂铁路开工后，漂亮的姑娘都想嫁到这里来，都想坐在院子里边嗑瓜子边看火车。

老者是不是娶了个漂亮姑娘，范轩不知道。老者卖过栀子花，用棕榈叶把五个花骨朵捆扎成一束。老者不叫一束，叫一指，一块钱三指。拿回家后，妻子只取一枝，放在餐桌上，让它慢慢开，说开多了香得闷头，反而臭，插瓶又无美感。有时摘一朵放包里，香气若隐若现，有几分神秘，聚会时有人问这是什么香水谁的香水，她笑着说不是香水，是青春气息。每到这时，范轩脑子里都会闪出老者低调干净的笑容。一闪而过，从不回味。有时闪得太快，没来得及察看已消失。逛第一圈时感觉有所缺，却又不知道缺什么，和老者在他脑子里闪过的情景相同，也像那些见过闻过的花，似还记得，却又并非记忆清晰。

人在这世界上,是不是也是一样的呢,恰似闪过但没被记住,恰似若有若无却又真实不虚。风来浪也白头,转眼却又风平浪尽。

集市有点凌乱,还有反复播放的难听的山歌,祖传秘方说教似的招揽,卤菜摊上飞舞的苍蝇,有时还会尘土飞扬。范轩不觉得烦,它们是集市的一部分,有种难以言传的魅力,何况你有不在这些地段停留的权利嘛。卖笋子的被物业提醒,箨皮没放到规定位置。这个急躁的中年人哗啦撕着笋箨,望着物业远去的背影说:哼,我今天没空,等我哪天有空,给你来个长篇古文。范轩想笑,觉得他这是给自己找台阶下。中年人发现范轩的表情,心领神会地笑了笑。哪有什么长篇古文,说说而已。坦言天还没亮就来赶场,瞌睡来得要命,没放好你踢两脚嘛,踢进去不就行了嘛。从他头上脸上密密麻麻乱蓬蓬的黑发可以看出,他撕完箨皮,随便倒在哪里就能呼呼大睡。

有时摊主之间也会神秘地交换眼色,仿佛他们除了摆摊,还有外人不应该知道的秘密。大多数时候,他们是孤独的,各自为政。有时也较劲、也争吵。生意不好,争吵不但不能排解焦虑,还会让蔬菜变烂,让水果变酸。

不争不吵的只有卖小菜的老者，拎着篮子走进集市，哪里有空缺去哪里，面带谨慎的微笑。各自第一次在哪里摆摊，接下来长期固定不变，自然而然地约定俗成。老者用了很长时间才获得相对固定的位置，要么在杀猪匠和干货摊之间，要么挨着豆腐摊。葛关和一个叫猫洞的集市场期一个月重复一次，老者有时选择去猫洞。猫洞其实是老虎洞，早已没有老虎，只有遍地像老虎一样猎食的人。

他明知老者有可能去了猫洞，却又觉得有些遗憾，不是为了买什么东西，纯粹是为了看见他，看见也没别的，仅仅是看一眼。想起一件事。有一次，老者提篮里有草石蚕、香椿、刺苞，都很少，草石蚕和香椿都不到二两，刺苞只有三根。范轩不关心香椿和刺苞，觉得不会好吃，问草石蚕怎么这么少，是不是难挖，没挖到。老者笑着说不是，是儿子不准他来赶场，把提篮里的东西倒掉了。他等儿子转身后重新捡起来，没那么多，烂掉的不能要。儿子倒掉时还踩了几脚。老者不生气，儿子不准他来是担心路上不安全，马路上车不多，但年纪大了反应迟钝。他像躲过大人监督出来玩游戏的孩子一样得意。是不是同样的原因,被关在了家里?但是,万一。范轩想起导师去世时,自己在山东写生。从导师家传来的信息,老爷子一会儿严重,一会儿不那么严重。他从山东回到贵阳,导师已经去世,没能见上最后一面。导师在美术界颇有影响,在老一代画家中,与另外几位相提并论,以各自的姓组成四个字,已成为美术界四字成语。

范轩走出勺底,看见卖鸡的妇人在挑选不锈钢用品,手里拿着一个篮球大小的漏盆。

"哈哈,回家了?"

"买东西呀?"

"我准备用这个生豆芽。"

"绿豆芽?"

"都可以呀。"

向她打听卖小菜的老者,她只知道他姓陈,既不知道电话号码,也不知道他家里有什么人。她没到他家那个村子买过鸡。那个村子叫水井湾,太小。

"哈哈,十多户人家,夹在铁路中间,两边都有铁丝网。"

"远吗?"

"三四公里,开车十来分钟,路不好走。"

范轩默想着从野葛中间走过。马路已修建至少三十年,连镶边石都没有。野葛无思无绪,以植物的天真迎接阳光与尘埃。牵牛花蔫巴巴地缩在叶片之下,它们已完成一生的绽放。前面是人字形岔路,撇那一边从上到下都很陡,撇尖上是个天坑,被建筑垃圾填了一半。捺这边平缓一些。马路上全是沙子。一台装满沙子的三轮车突然从人字头冒出来。为了减速,前轮左拐一下右拐一下,看不出它想往哪边走,没打转向灯,不知是忘了还是转向灯已坏。范轩立在人撇捺下面,直到它从捺这边开过去。车门和车厢有缝,沙子像水一样淌出来,在平路上画了条直线。沿着这条直线看过去,看见柠檬在地上打滚。范轩高兴地喊了一声,柠檬拔腿向他跑来,兴奋得喵喵叫。他蹲下去准备摸摸柠檬的头,它快到他身旁突然拐弯躲开他的手。柠檬在这方面特别矜持,像骄傲的公主。喜欢你时在你脚边蹭来蹭去叫个不停,没兴趣时对你视而不见,置身于不可与人分享的猫世界。

到家后,范轩给妻子打电话,他想去水井湾。他觉得老者遇到了自己曾经遇到过的问题:排挤。以关心关爱为名的排挤,从不去想他真正需要的东西。葛关是各关,各人的关,他希望老者渡过这个关,与自己和解。

"去干什么?"

"不干什么,随便看看。"

"你不用买菜,我买回来。"

"我已经买好了呀。"

"哦,好吧好吧。"

车被妻子开出去了,要再过一会儿才回来。柠檬躺在画案上,并没因为被西瓜打败而沮丧。范轩铺开纸画猫,画两只打架的猫。枯笔丝出猫毛,猫毛旋转,和猫一起往天上飞。

指月街

嘈杂的嗡嗡声降下去，主持人的声音越来越清晰，介绍他时特别强调，不要看他右手，也不要被他右手的故事左右，一定要好好看他的作品。这是农业产品外包装设计展示年会，设计师坐在各自的展台前，展台上摆放着他们最新设计的作品。他是近年炙手可热的设计师，是业界风向标。多年前一次事故中，他失去右手。当时作为还没出道的青年设计师，这无疑是致命打击。他不气馁，用左手学会写字画图，几年后重新亮相，在设计大赛中一举夺魁。其后屡次获奖。事故变成故事，总是能给当事人加分。同行虽有不服，却又不得不服。获奖和一只手比起来，宁愿要手不要奖。当别人问他，用左手是不是反而比用右手容易。他作了肯定回答，却又害羞似的脸红。坊间传言，他左手每个指头都是一个小脑袋，五种想法可以同时出现在设计图上，他可任意挑选一种，还可同时交出五种设计方案。

当年，他一边自学设计，一边在工厂当检修工。一次正在检修，没人告诉刚换班的操作工，一来就合上电闸，叶片刹那间高速旋转，只听见嗞的一声，缩回右手发现手短了一截。他捡起断手就往医务室跑，希望他们立即送他去医院。医务室的实习生倒也麻利，骑上电摩就走，还叫人从背后扶住他。到了医院，医生说不能接，断手落在油污里，裹满了废机油，清洗后组织受损，不能用。医生建议他用别人的手，前提是有人愿意捐赠遗体。他的期待落空后只好装了个假肢。

他不苟言笑也不合群，每次年会结束都不留下吃饭，不像其他同行那样互加微信，酒至酣处称兄道弟，强调合作。强调合作并非全是酒话，行业不景气时合作是现实需要。他们以为他不参加是因为自卑，因为他总是将断手藏在身后或袖子里。有人像哲学家一样说，他对他的设计有多自信，对自己的断手就有多自卑。有人出于同情真诚地邀请他和大家聊聊天，他像不食人间烟火似的婉言拒绝。越是这样,别人越容易记住他。不抽烟不喝酒没有任何嗜好的残疾人会让人莫名忌惮。毫无偏见的客气让人不舒服,除此之外又别无他法。

"回去干什么呢?看书吗?"

在同辈心目中,五个脑袋暗含讥讽,他不可能混饭吃,只有一只手嘛,肯定比其他人刻苦。付出已经得到回报,但要稳居一线,非博览群书不可。青灯孤影,苦思冥想,寻找被别人漠视的细节和表现手法,既能勾起人的欲望又有道德感,让视觉冲击不仅成为一种策略,还要达到人们想要但无法实现的效果。对已经完成的作品从不满意,永远只为下一个杰作苦心孤诣。待人接物有些冷漠,这是为了用全部热情照亮自己的创作。

是不是这样呢?他没说过。

他总是穿一件宽大的中式对襟盘扣上衣,瓦灰色,其他人这么穿会被当成装模作样,在他则被理解为方便隐藏假手。衣服式样和颜色,与他不苟言笑的稳重很匹配,像真正的艺术家。比他年轻的设计师都崇拜他,视他为楷模,尤其是出身卑微的新手,认准不努力绝不可能成功,笃信天资必须建立在勤奋基础上才坚实,才具有无可替代的价值。从小衣食无忧不为生计发愁,仅仅出于爱好的从业者则无所谓甚至不以为然,对地方性年会也不重视,对成名的渴望不强烈,让天分在松弛的构想里滑翔,灵感有可能凝结成钻石,也有可能烟消云散。后者往往只闻其名,很少见到其作品。他似乎产量颇高,又受当地媒体追捧,作品常常出现在地铁LED屏上,DM杂志上。某位后浪看见,会检讨自己上次见面是否向他问过好,如果没有问好,那可真是太糟了。和行业外的朋友谈起他时津津乐道,其实连他住在哪里都不知道。

他住在哪里(住在什么样的房子里),家庭关系如何,孩子多大。虽然心里痒痒的想知道,但最终以尊重他人隐私的善意按下了好奇心。从参会材料看,他不属于任何公司,以个人工作室、独立设计师的名义活动。他是只有一个士兵的将军,这又给他添上一层神秘色彩。

不过,所有的传奇都不得不让位于他那只手。就像谈论一道菜时,你不得不顺便谈到盐,有盐才有味道。有两个说法最有趣。一是说他在医院里并非没找到"手源",当时就找到了,是一只上了年纪的男性的手。医生给他接上后,外观差别很大,他很不喜欢。最让他难堪的是,有一次他发现这只手摩挲着一颗麻将,他不知道它从哪里得来,摩挲了多久。当愉悦感传递到心里时,他极其反感并觉得恶心。他讨厌打麻将,父母都喜欢,经常邀约人在家里打,打完就吵或者边打边吵。他从小觉得麻将脏,那么多人天天摸,汗味、唾沫,还有人边打边吃东西,麻将从来不洗。毕竟是手术连接的手,通畅性大大降低,指挥它做什么倒也没问题,可它自作主张做了什么常常在预料之外。有一次他正画图,感到右侧身体焦虑不安,停下来才知道是右手在搞鬼。它不愿意空着,要拿个东西才舒服,给它笔没兴趣,给它橡皮没兴趣,直到从垃圾桶里找出丢掉的麻将,它才像见到亲人一样激动得浑身哆嗦。最后发展到睡觉要拿着麻将,吃饭要拿着麻将,上厕所也要拿着麻将。像面和心不和的伴侣,让他烦不胜烦,只用左手就能像常人一样生活,留之何用,于是痛下决心将它截掉。第二个说法是医疗事故,医生错将一只少妇的手给了他,它倒是挺关心他的,给他夹菜,温柔地抚摸他的脸,小便时拿着那个东西不放。最大的麻烦是影响工作,不管左手有没有空,它会突然伸过来,拿起左手搓揉,甚至希望十指相扣。为了事业,他不得不忍痛弃之。

这类故事是同行相聚时抢话题和打趣的作料，而情节每次都朝意想不到的方向发展，总能让人忍俊不禁。任何创作都不是创作，是为了消遣抖机灵。换句话说，他们不是对他这个人感兴趣，而是对他的故事感兴趣。人之于社会不是他做出过什么贡献，而是他有无让人可以改编重写的故事。

知道他的人当中，被他勤奋打动的不止一个。但愿意深挖他故事的只有一个人。这人是电视台下属文化公司运营总监。文化公司也搞设计，运营就是干杂活，负责联络协调。这个工作很适合她。她敏感又爽快，聚会时笑声像水晶玻璃一样明亮爽朗。同行知道她的一切，第一任丈夫是被人抛弃后带着孩子跟她结婚的，第二任没有孩子，但有一堆债务。他们的共同特点是爱说谎，却抱怨自己上了女人的当。两次婚姻都让她蒙羞。从不堪的状态走出来后，发誓再也不卷入别人龌龊的生活，不再成为悲剧和闹剧主角。尽管如此，她依然保持着善良与尊严，始终怀着希望，再怎么心烦意乱也对弱者寄予最大同情。在这种性格怂恿下，她找到空隙后马上过去和他说话。

"你好。"

他点了点头。

调皮的大眼睛闪着笑意:"你快乐过吗,你什么时候最快乐?"

"照镜子的时候。"

"为什么?"

"我的左手变成了右手。"

有人过来向他索要资料,她笑着走开。他很机智,她想,继而觉得不但机智,还很豁达。平时点头之交,从没有深入交谈过。她为曾拿他开玩笑感到惭愧,现在决定弥补。她问他要不要参加主委会的晚餐。这是明知故问。他的回答也在意料之中,不去。她说,我也不想去,我们去找个小地方坐下好吗?他回答一个字:行。她没有把握却又愉快地遐想,我会变成他的镜子吗?

她没有征求他的意见,将会面地点安排在指月街赛维利亚,从凯宾斯基出来右转五十米就到。指月街给人阴沉沉的感觉,街道窄,两旁楼房又高,像终年见不到阳光的峡谷。赛维利亚是休闲简餐,老火车卡座似的隔间,适合两个人小坐。吃什么她一向颇有主张,平时自我标榜是路盲(仿佛漂亮的人儿必须是路盲),对美食地图的熟悉程度却远远超过对道路的。乘电梯时只有她和他，不锈钢轿厢照见两人身影，她的心莫名地用力跳了一下，脸上泛起让人不易察觉的红晕。不锈钢板分了三截，上下光滑如镜，中间加镂花蚀刻，镜像因此模糊不清。她有意看了看他的双手，自己的双手，没什么特别之处，但她还是碰碰他的肩膀，意思是"看啦，我们的左手变成了右手"。他笑了笑，心领神会。

"你喜欢照镜子吗？"

"很少。"

电梯在一楼打开时，斜对面立着一面有放大功能的穿衣镜。她没看见，他则看到镜子里有一张熟悉的面孔，直到坐在赛维利亚，他才想起那不是别人，正是他自己。怎么不像自己熟悉的自己呀？

她给他调蘸碟，夹菜，不是因为他右手不方便，而是出于对人一贯的礼貌。他把右手藏在桌子底下，一次也没拿出来。不过他的左手怎么也不如从小习惯用左手的人熟练，好几次夹在筷子上的菜中途落到桌子上，像经不起狐狸夸赞的乌鸦。她看不下去，隔着桌子喂他，他则尽量躲开，声称自己能行。桌子太宽，他不配合，她就无法将蘸了酱汁的东西送进他嘴里。她不无嗔怨地问，你怕遇见熟人吗？不是，他说，只有即将被卖掉的牲口才会被强行喂食,他不想被卖掉。她说你又不是牲口,笑着把煮好的虾滑夹进他的蘸碟,并建议他用勺子。他没用勺子,用筷子把它叉了起来,看着多余的酱汁往下滴,最后一滴摇摇欲坠。"我喜欢这种感觉,"他说,"多么神奇,颜色下面深上面浅,但并非静止不动,内部上上下下,在一滴小小的蘸水里沉浮。""你喜欢从生活里找灵感?""是的,不过我更喜欢生活本身。"说到设计,他说最期待的设计是简单而又容易复制的那种,走到哪里都能看见,"像看到亲人一样,多幸福呀。"比如日本人村上隆的太阳花,连小孩都会画,自从诞生以来,全世界无处不在,珠宝、坤包、腕表,汽车摇头太阳花摆件和香水瓶,无不与标志的太阳花联名。2011年夏天谷歌首页,2012年梅西百货庆祝表演都用上了太阳花。现在太阳花已经走出时尚圈,进入流行文化的众多角落。她举起水杯和他碰了一下,"你也有出圈那一天。"结账时,看见吧台上有一个太阳花笑脸,两人相视而笑。她自然而然地勾起他的手臂,依偎着走到街上。

由玻璃衍生出的镜子比比皆是,伪装成各种饰物或符号的太阳花一眼就能看出来,平时很普通的街景顿时生动，镜子诡谲多变，太阳花天真活泼。人来人往，除了她和他，没人看见什么镜子和太阳花。她从那些镜子里看到的全是变形人，包括她自己，她觉得有趣，仿佛看到人的多面性和可塑性不但可在同一时间里显现，还具有无限可能性。镜子里的形象不像人也不像所知之物，没有定性，变化无常，只有挽在手里的人实实在在。她笑着看了他一眼，挽得更紧了。他没看见她的笑容，也没感觉到手上的力量加重。他在想一会儿怎么办，带她回住处是否急了点。如果他误会了她的友情，今后相处可就太难堪了。而她有意却被自己拒绝，又会让她心头不爽。总之处理不好大家都会尴尬。他有点后悔和她吃饭，当时应该找个理由回家，不过，他平时就觉得她漂亮、热情，幻想过此情此景，只是没料到真会发生。他最快乐的时候不是照镜子，是设计交付后甲方爽快结账。照镜子和太阳花是他无聊时看手机看到的内容，没想过要说给谁听，更没想到她会如此感兴趣，错把他当成有见地的设计师。他想告诉她：我和那些参加年会聚餐的人没什么区别。他觉得唯一值得夸耀的，是知道自己几斤几两，有自知之明。

他住华宫巷公寓，从指月街步行只用八分钟就到。

公寓层高五米五,买下来后自己加楼板,下面做工作室,上面阁楼里住人。只有四十多平,但对一个设计师来说足够宽敞。她对房间的布置大加赞叹,他却关灯不让她看,说一会儿再看。既然来到了这里,就不应该有所顾虑,他想。身体也在提醒他催促他拥抱探索抚摸,做此时此刻最应该做的事情。她吃吃笑,说没想到你这么急迫。她没有反对,叹息说好久没这种感觉了。他牵着她的手带她上楼,她感到小小的恐惧和刺激。阁楼上没窗户,不开灯像墨水瓶里一样黑,还感到窒息。他是一个有才华的人,不应该住在这样的房子里,她想。她感觉他很体贴,对他"很久没做这种事"表示理解和同情。他要做什么会先问一声:可以吗?她鼓励他想做什么就做什么。但他依然彬彬有礼。毕竟是艺术家,不像其他人那样毛手毛脚。她先是感到满足,渴望,既而感到神奇。接下来却越来越觉得不对劲。他的指头仿佛长了眼睛,指肚长了嘴,大鱼际像活蹦乱跳的小鱼,小鱼际像长了羽毛,指肚和掌丘则像装了弹簧的小球。这让她感到非常不自在。仿佛它们在窥探她的皮肤,他的手指游走到哪里,哪里就会即将化掉似的承受不住。虽然什么也看不见,却能预感到他的手下一步将落到哪个部位，未落将落之际，这个部位情不自禁地一哆嗦，一种莫名其妙的难受，被鱼吮吸似的不痛不痒，明知小鱼没有牙齿也没有毒，不可能咬人，可怎么也不放心，那毕竟是一张吧嗒不停的嘴。她想叫他停止，却又不好意思开口，毕竟不是在抓在掐在咬，是在认认真真悄无声息地抚摸。她想起她抓到过的一只蝴蝶，她一点伤害它的意思也没有，恰恰是因为喜欢它才捉住它，可它不停地挣扎，挣断了翅膀落到地上再也飞不起来。当时觉得抱歉，深感内疚，不能因为喜欢就抓在手里呀。我成了他手里的蝴蝶了吧，她在什么也看不见的床上嘲笑自己。不行，我必须阻止，再这么下去会断气，会难受死。被挠胳肢窝的孩子会笑得浑身发软，碰到不是敏感区的手臂或肚子都会忍不住笑，继而手指不用触碰，只要做个挠痒动作，他就会笑得哽哽叫并求饶。她现在不但浑身发软，还感到恐慌，他的手越来越像从洞穴里钻出来觅食的动物，灵活、迫切、小心翼翼却又经验十足。不行，我不能让自己的翅膀断掉。像即将淹死的人作最后努力，她猛然从他怀里挣脱，凭着本能寻找开关。不是求生似求生，嘴里咕哝着"灯呢？灯呢？"，这一幕给她留下难以磨灭的印象，在今后的梦境里会以各种形式反复出现。就要淹死时,她无意中碰到开关。

灯光刺得她什么也看不见。她知道这是正常现象,因此并不紧张。视力恢复正常后,她看到一只断手,吓得她连滚带爬从床上摔到地上,头碰在床头柜上也不顾。她觉得她看到的是巨蟒的头,是鬼怪骷髅,想到自己被这只假手抚摸过,她既怕又想呕。既而发现,他没用假手抚摸,他的右手没有断,五根手指都好好的,和左手一样长,颜色稍白。那只断手不是手,倒是一个假肢似的手套。再看右手,并不比左手白,两只手颜色一模一样。头碰出血了。

"哈……"

她带着小小的恐惧佯装惊喜,惊喜是一厢情愿,其实只有恐惧和难受。血挂在脸上,她不准他管,连谈论也不行。这点血带给她的痛苦和震惊远不如假手。

他倒很冷静,把右手往她面前伸了伸,像演砸了的老演员似的若有所失,但知道此时应该坦然面对。

"既然看见了,那就好好看吧。"

他说。把假肢递给她。

"别别别。"

她躲闪着,这东西太诡异太恐怖。

"这也太太太神了了了吧。"

她干干巴巴地说。满脸崭新的假币般局促不安。

想到他用这只手摸自己,不禁一阵恶心,像被胳肢得停不下来的孩子一样担心被偷袭,担心这仍然是伪装,它其实是蛇头或鱼头。这喜剧般的梦魇特别让人反胃,本想好好喝杯牛奶,喝完后,杯子底却是一只四脚朝天的苍蝇。

"说说看,这是什么情况,我真的惊掉了下巴。"

"对不起。"他说,"我不是存心欺骗你。"

"我知道。"

"那年,我在深圳,成立了自己的工作室。刚出道,很难接到合同。不过,最主要的还是我不擅交际。其实也有几个关系不错的朋友,他们经营状况不错。可我不想找他们,我宁愿凭实力找陌生人合作。很快到年底,我没钱回家。几年没回去,很想回去看看。我用纱布把右手包起来,装成受伤的样子,去找做企业的朋友。意思是作为设计师,我现在不能干活,希望他们帮一把。没人愿意帮我,可能是我前言不搭后语,没让他们看出我的难处。这是我另外一个毛病。假装受伤没法赚钱,但我发现在街上,在公交车上,反正有人的地方,别人都会让着我,怕碰到我的右手。绷带和纱布让我获得平时得不到的空间,我平时就不喜欢和人接触,这意外的收获让我惊喜。回到家没拆纱布,决定继续装下去。春节没回家,我吊着绷带参加春季作品推介会,缠纱布的手的吸引力远远超过我的作品,也超过其他人的作品,仿佛它才是真正的设计。当然,这确实是一个设计,只有我一个人知道的设计。设计学会邀请我参加年度设计作品大赛,我戴着那套行头参加,不出意料地得了个金奖。我不可能一直缠着纱布,我在网上订制了一个假肢,其实是一个手套,我自己设计的,手套做好后,冒充残疾人来到贵阳。在这边没有一个熟人,全是陌生人,这正合我意。仍然不擅交际,但这只假手弥补了这个缺陷,让我很快站住了脚。"

她有点走神,她想知道的是它为什么那么灵活、离奇。她特别厌恶欺骗,再小的欺骗也受不了,如若不是,她不会离两次婚。第一个骗她没有父母,其实他母亲还在。第二个骗她只有三十五岁,其实已经四十。他们以为她在乎的她一点也不在乎,他们以为她不在乎的,她耿耿不寐。

"截肢的故事,是谁编的,不会是你自己吧?不是你又是谁。"

"不完全是我,我说得没那么详细。"

"你平时用哪只手工作?"

他难堪地举了举右手,放下去后像弹钢琴一样疯狂地弹着膝盖,幅度不大速度极快,四根指头像四个跃跃欲试的拳击手,拇指不时向四根手指形成的洞穴弹进弹出,像它们的教练或者指挥官。左手则老实巴交地挠挠头发,然后像四脚朝天的雨蛙一样仰躺在大腿根。

"我可以把它砍掉,今后再也不用它。"

"不不不,没这个必要。这是你的生存之道,即使要砍也等我走了再砍。"

她从阁楼下来,感觉浑身没劲,直到钻出电梯来到大街上,看见街灯和围墙,深深地呼吸了两口,整个人才从腻烦中缓过劲来。

她离开后,他关好灯盘腿坐在床上,除了右手,身体其余部分一动不动。回味着今天的失败和尴尬。这是他一个人独处时常用的坐姿,这让他感觉安静,可惜不能像坐禅者那样入定,常常是刚有超越什么的意念,刹那间却被什么东西切断,像蜥蜴的断尾一样掉进现实。他时而苦笑,时而冷笑。砍掉右手的冲动依然在,只是觉得技术上有难度。要是有个医生来帮忙我不会犹豫,他想。问题是不会有这样的医生吧?他不无自嘲地笑着。既可怜又心不在焉,一种轻悲袭上心头,感觉无助又无力。

怎么办?躺着不行,坐着不行,行走要好点,可在房间里走速度和距离都不能撤销心头惶恐。曾经的聪明变成咽不下去的愚蠢。手机拿起又放下,里面没有一样东西想看。打开电脑,不是为了做什么,也不是希望电脑本身出现奇迹,而是要给手找个可以触摸的东西。这时手机短信铃声响了一下。拿过来看是银行贷款信息。无意中翻出一个电话。名字后面备注有"打醮"二字。

几个月前,一个卖酒的人请他设计包装盒。酒在茅台镇灌装,要求他设计的包装让人即使不看文字,只看外包装都知道这是茅台镇的酒。这一点不难,尽量让它像尽人皆知的飞天茅台就行。卖酒的人请了一桌,请他们出谋划策。他不想去,酒老板一再坚持,要他多听听其他人的建议。饭桌上,坐他旁边的人很少说话,回家时得知两人住得近,于是打同一辆车。在车里,这人的话多起来,说了些什么记不得了,下车后互留电话,告诉他有什么事可找他。

犹豫了一会儿,把电话打了过去。没说手的事,只说最近不顺利,不知道怎么办。对方很热情,要马上过来看望他。他说用不着,不能这么麻烦他。说得越多,他越觉得不应该打这个电话,过度热情等于纠缠不休。

对方说了句让他觉得另有所指的话:你的手是不是发炎?还没想到如何回答,对方说,上次我看见你不时抠你的手套,好像有点痒。他的心落下一半,承认这只手不舒服。戴手套的时间一长,出不了汗就会发痒。对方说,你去买支皮炎平。

他松了口气,不再像刚才那么难受。把今天发生的事理了一遍,觉得其实从她问他照不照镜子,就已经出现问题而自己没发现,所以千不该万不该,吃完饭就不应该带她回来。今后怎么在这行混下去呢,她即使不告诉第二个人,他也会感到难堪。而她不告诉第二个人的可能性几乎为零。想到这里,意识到最大的问题不是面子,而是自己不得不离开贵阳,去某个陌生城市从头开始。

这时她的短信来了:"还没睡吧,我知道你不好受,其实我也不好受。"

"谢谢。"他故意冷漠地回复。

"我不是来自另一个世界的幽灵,我也是人。"

"我知道。"

"我觉得现在最好的办法,是脱去手套,把右手彻底亮出来。其他人只是一时好奇,最重要的是你自己慢慢适应自己。"

"谢谢。"

"希望你好起来。晚安。"

"谢谢。"

最后这一句谢谢,比前面几个真诚。

关掉电脑,如果可以,最想关的是大脑。正准备关手机,有"打醮"二字的电话打来。说他不相信手发炎,一定有别的事情,他真的可以帮他,不要不好意思说出来,每个人都会遇到一时摆脱不了的困境,他和他还不算朋友,他愿意帮他,是他儿子因为抑郁症住院,他现在在医院护理他。他接受他的帮助,他儿子都会感到高兴。他害怕他继续说下去,老实承认遇到的问题。对方听完后没作任何评价,对他说:

"只要你照我的话去做,我保证你从明天起,不再为右手烦恼。现在是子时,你从你平时吃的东西里选九种食物去喂流浪猫,记住,只能喂流浪猫,不能喂家猫。要喂九只,不能多也不能少,喂完后回家,今后不会有人在意你的右手是否真残,你想继续戴手套没问题,想亮出来也没问题,不会有人在意你的右手,他们只关心你的才华。"

喂猫一点不难,他想,不时有猫在楼下叫唤。吃的哪里去找九种呀,有三种就不错了,平时除了早餐,要么叫外卖,要么出去吃,不喜欢做饭,把做饭当成负担。

"只要用心,准备九种一点也不难。"他说。

这话让他想起年少时老师和父母的教诲,只要功夫深,可巧妇难为无米之炊呀。

对方不和他辩论,已感到黑暗里出现一个洞,他正从洞里走出来。

冰箱冷藏室里一盒烤鸡,一盒小龙虾,小龙虾打包回来时间太长,不能吃,丢掉。烤鸡是前天的外卖,当时想一个人喝瓶啤酒,外卖送来后没胃口。三个生鸡蛋,可将其中一个煎成蛋饼,一根火腿肠,直接剥皮即可。榨菜和酸萝卜,猫不吃吧,他想。还好,烤鸡里有两块烤鱼,这可以算一种。冷冻室塞满了冰,菜刀撬开冰后找到一块五花肉,一条猪肝。还差四样。继续挖,在后壁找到三个饺子和半袋小汤圆。煎鸡蛋时想起茶几下面有夹心饼干，有点软，吃了一块，觉得猫应该能吃。再去冰箱里搜索，没有找到猫喜欢吃的食物。热水解冻五花肉时掉下一条黄鳝，刚才被冰裹住没看见。他深感幸运，像高考时蒙对一道大题一样幸运。

在华宫巷遇到的第一只猫是黑猫，他没养过猫，对它们无爱无恨，像人群中擦肩而过的陌生人。他给它火腿肠，觉得猫的智力和性子像三四岁的小孩，在他准备的食物中，火腿肠是首选。掰碎放地上，黑猫很给面子，吃得一块不剩。前面有个胖大姐猪脚火锅店，心想那附近应该能找到，啃过的骨头一定会吸引它们。没有，看来和人的口味并不相同。沿文昌北路往南走，走到鸿雁巷，仍然没碰到。出乎预料，在红绿灯灯杆下遇到三只，他给它们撕掉骨头的烤鸡、黄鳝，切碎的猪肝。发光的眼睛让他感到害怕，他不敢接近，把食物放在地上后，后退出十余步。几分钟后上前查看，发现食物已被取走，他松了口气，甚至有几分欢欣。从人行横道穿过文昌北路，在大方手撕豆腐店遇到两只，胖大姐猪脚火锅店遇到一只。这个胖大姐和刚才那个是什么关系，是两个胖大姐还是同一个，为什么胖大姐都喜欢卖猪脚，相距这么近就开了两家。旁边有一条小街，没看到街名，街边有小花台，里面一定有流浪猫，但他不敢进去找，怕被人当小偷。只好在文昌北路上寻找，文昌北路是大街。

刚来贵阳时，曾在莲花坡一带寻找过房子，中介把他带进一座没电梯的建筑，楼道里印满了疏通下水道和开锁广告，巷子狭窄零乱，夏天在里面散步不但凉爽，出来吃东西也方便。和父母的房子很像，在父母的眼里，这种消费不高、邻里相亲的地方才是家，才可长住久安，其他地方则充满了何以为家的危机感。但他一点也不喜欢，没开门进去就叫中介换地方。

已经走到文昌阁和老东北遗址，他有点担心，再往前走是文昌南路，文昌南路最有名的是家乐福，那里人多车多，不会有流浪猫。走到一面生锈的铁门面前，犹豫着是回头，还是继续往前走。侧身时发现身后跟着两只猫，一白一黑。他感到这不是幸运，是她在帮助自己。

他蹲下去，先将饺子掰开摊在地上。黑猫抢上前吃饺子馅，白猫原地不动，他摇晃饼干示意，叫它过来。白猫举起右爪，像要球的NBA球员，他以为它叫他丢过去。好的好的，抛过去时很准，打在手爪上，但它没接住。既像被它打掉，也像特别想接住但忙中出错。饼干掉到铁水箅下面，黑猫白猫喵了一声，和他一起看着铁水箅，这是一块不可能撬起来的铁水箅。

  他苦笑了一下，蹲了很久才离开。没回家，随便走，三次经过指月街。看似让脚带着自己走，第三次经过时，知道脚不可能替他着想，一切缘于内心的选择。遥想当年，给指月街取名的人，应该是看到月亮后得到的灵感吧，以月喻教，以月喻法。现在，走在指月街看不到月亮，也没人抬头看月亮，也不会想"指月"二字。想到这里，有所释然。指月街靠护国路一头，有家开了三十余年的素粉店，生意极好，店外只有两张不锈钢长方桌，十张小塑料凳，大多数人要么站着吃，要么打包带走。路过不吃，看到别人吃得很香，会咽口水。他每次来，都要顺便吃一碗。今天他排在最前头，接过装在纸碗里的素粉，他没像平常那样，一定要有座位，因为只有一只手嘛。今天他站着吃，左手端碗，右手使筷。这碗素粉，比他任何时候吃过的都好吃。

年代咖啡馆

从观山湖公园跑完两圈后出来,拐到碧海南路与兴筑路碰角处,内角两个方向都有停车场,停车场栏杆道闸起落时像两扇风车,让那个咖啡馆有了荷兰情调。他要一杯年代咖啡,喝下去后浑身冒汗,感觉舌头上青草滋滋生长。喝咖啡出的汗与运动出的汗不同,前者因喷薄涌出而痛快淋漓,后因层层叠加而黏稠难耐。年代实际上是产于埃塞俄比亚的摩卡,辛辣,酸醇味强,还有淡淡的酒味。喜欢这种味道毫无道理,第一次来咖啡馆,她问他喝什么,他什么也不懂,尴尬地随便点了一款。喝了几个月,他成了这款单品咖啡的俘虏。

回到办公室将身体冲洗干净,然后开始工作。对办公室传到邮箱里的视频和文字进行编辑，天亮后将整理好的材料发送到指定部门。不用回家，他没有家，办公室很大，设计功能是留给清洁工存放和清洗工具的。清洁工嫌远进出又不方便不爱用，直到需要一个人从事他现在从事的工作，房间才重新被启用。招聘时说好的条件之一是可以在里面睡觉，但不能在里面煮饭。在大楼里工作的大多数人都不知道这间办公室的存在。

这个城市某些地方有他的名字，但没有他的声音。观山湖公园人潮汹涌，没有一个人是他认识的，在办公楼上班的有一千三百多人，他认识的人只有七个。他很满意自己像红尘中的隐士，也像一个可怜巴巴的魔鬼。

不是真隐士，是他还有很多欲望，虽然全是常人都会有的欲望。大部分欲望无法解决，因此觉得自己是个可怜巴巴的魔鬼。

特别想买套房子和她一起生活，但这不是她的义务，也不知道她是否答应，他不能强迫她，这让他苦恼，也让他坚持不懈。喝了几十杯咖啡后才知道她既是老板也是服务员，又喝了大半年才知道她是单身。那时没别的想法，只觉得她身材好，在光线暗淡的咖啡馆里温雅体贴。不是特别忙碌，却总是有人要这样那样，她或端着咖啡或端着空杯,或站在吧台里面回应,随时随地一心二用。他不忍心打扰,也不可能说更多的话,默默地看一会儿,然后离开。

很多信息由她妹妹透露出来。她妹妹在园艺公司上班,有时来帮姐姐。但并不常来,她写诗,诗人的旨趣和时间不可琢磨。得知他对姐姐有意,她像下巴和双手挂在门把手上荡来荡去的小姑娘一样鼓励他,怂恿他。在他看来,这个妹妹的生活状态和她的美都在云端,普通人够不着,她不会低头俯身迁就任何人。姐姐的美实在,说话内容离不开具体事情,这让他感觉放松也觉得有希望。

大概是建房子时碧海花园一带土地还不那么值钱,房开在马路和小区之间种了五十米宽的樟树和迎春花,樟树越来越粗壮,迎春花越来越矮小,小到变成了三叶草。围墙不用砖,而是以陶瓷瓶作栏杆将小区与林带隔开,栏杆修长、雪白,夏天让人感觉凉爽。戴胜或斑鸠不时来草丛里觅食,羽毛颜色都比较深,不想让人发现。咖啡馆在一楼,门头又小,很不容易让人发现。不张扬也不拒绝,要来则来要去则去。

这天从公园跑步回来,牵了一条狗,一条上了年纪的阿拉斯加。黑毛白毛的毛尖都带灰，像穿了多年已失去原色的外衣。进去后没像平时那样先付款，等她把一杯年代端上来。他笑着告诉她，要送她一个礼物。她一点也不好奇，早就对礼物产生的惊喜失去兴趣，取而代之的是退缩甚至拒绝。当她看到礼物是一条狗，惊愕地看着他，以半发雷霆的声音下令他马上把狗牵出去。门外有铁笼子，专门为带宠物的客人准备。她坚决不让任何宠物进店，无论什么宠物，对那些不喜欢宠物的人都是一种冒犯，何况有些宠物对人还会有攻击性。

如果先告诉她，这条狗怎么得来的，效果也许大不相同。他天真地以为，给她一个惊喜，再告诉她收养狗的过程会更有趣，没想到会搞砸。他瞥了地上一眼，地上没缝。

这杯咖啡他一口没喝，但钱必须付，付完后牵着狗离开。脸上挂着无所谓的笑容和突然长出的胡须，与垂头丧气闷闷不乐的狗酷肖。走到外面自顾自说：

"你不喜欢狗，狗也不会喜欢你。"

狗没有因为这句话站在他这一边，走到门口往后缩，不想离开。他几乎是强行把它拖出来，警告它小心他宰了它。牵到办公室，把拴狗绳卡在抽屉上。他从不称这间屋子作办公室,反倒是那些叫他干活的人这么叫,仿佛它真是办公室。他给它剥了根火腿肠,它囫囵吞下,连嚼也没嚼。这才知道它不是想多看她一眼,是因为饿。

从童年时期开始,他就怀有一个深藏不露的计划,从某个角落溜出去,像已掌握开门技巧的鹦鹉。小时候生活在小镇上,镇上有个国营酒厂,他一岁时,酒厂已被出让给几个合伙人。父亲是合伙人之一,和另外几个合伙人不一样,他得干活,他是烤酒师。母亲翻沙、踩曲,常常挥汗如雨。他们用粮包拦成步兵工事,让他在工事里撒尿,在里面吃东西。不过他从没感觉自己是步兵,反倒像缴枪投降的俘虏。撒在粮包里的尿和粮食一起被烤成酒,不多,父母和他们的同事却总是津津乐道,说他们的酒之所以好,全靠他的童子尿。后来工事关不住他,他们让他在车间里玩,随时盯着他,以免他被工具戳伤。再后来,他们叮嘱他不要走出酒厂,只要没看见他,会立即响起他们呼唤他的声音。酒厂不大,他们的呼唤声能在第一时间将酒厂包围起来。

他喜欢这间办公室,它和酒厂车间异曲同工,安全、潮湿、闷热,不但可以罩住身体,还可罩住灵魂。

越是喜欢越是觉得自己不可救药，觉得自己或多或少有病，在屋子里放浪形骸，在屋子外小心翼翼中规中矩。一种被虚伪侵蚀的暗疾。这种病让他在她面前不但嘴笨，身体也发僵，想好的话说不出来或说出来效果不好，幽默睿智像锈剪子嗑嗑巴巴，搞得别人时常发现他有点莫名其妙。

辞职的冲动不止一次，希望只辞掉办公室又不失去工作，却又明白这不可能，这是无理取闹。地下室既保护灵魂又吞噬着灵魂。

他用纸箱给狗做了个窝，他向它保证这是暂时的，他会给它买个真正的属于它的狗房间。地下老爱返潮，不给它弄个好点的狗屋它有可能得风湿病。

仍然去跑步，不再去咖啡馆，不完全是生她的气，是狗在等着他。当他发现他对它的牵挂超过了对她的，这让他一会儿觉得也好，一会儿觉得有点糟。

妹妹发微信问候：几天不来喝咖啡，有人惹你生气了？

句末一个坏笑表情。

显然，她已经知道原委。

他正在工作，看到微信后按捺不住激动，仿佛即将破镜重圆。

公园里森林茂密,最先的一些树为人工栽种,它们安顿下来后,风和鸟把野生种子带来,逐渐密不透风。人工栽种的树和花草像魔术师一样吃掉以前的地名,吐出一串华丽的新地名。野生植物则通过吃土改变地形地貌,将建园以前的一切遗忘在华丽的风景中。观山湖公园2007年开建,2011年开园,至今已有十余年。平时跑两圈,这天有意多跑了一圈才去咖啡馆。这幼稚的抗议是自尊心作祟,也确有暗疾,举动常常莫名其妙。

带着多跑一圈的自信走进去,立即发现气氛不对。与狗待久了,机能大大提高。

这是观山湖为数不多坚持至今的咖啡馆。初次进来,会觉得灯光比较暗。灯源被半透明的罩子罩住,以免光线直射,有意制造一种神秘感。刚从外面进来的人不由自主放慢脚步,压低声音,调匀呼吸。有时候坐下来,喝两口柠檬水后才发现旁边一个人也没有,整个咖啡馆都是你的,摸出手机看看朋友圈,仍然是那些人,仍然在说那些话,于是更加镇定。这大多是白天的情景,晚上进去,灯光没变,却远不如白天神秘,人也多,交谈声此起彼伏。遇到在此过生日吃烤鱼切蛋糕喝啤酒不喝咖啡的年轻人,像来到一个普通饭店。是留声机、吉他、英文报纸、飞镖盘、橡树桶、模型手枪等等异国情调的东西把它和普通饭店区别开来的。

看到一个人坐在吧台旁边,没看清他的脸就感觉到这是要拿什么人撒气。他想也没想,念头轰的一声跳出来:是她前男友,来咖啡馆讨情债。

进退两难。

保持镇定掏出手机扫付款码。付款可提升一个人在不明环境的安全感。

妹妹从封成玻璃房的阳台进来,笑着叫他等等,她去给他冲咖啡。她和姐姐长得不像,姐姐圆脸,她是瓜子脸。这张瓜子脸能让人联想到向日葵,浓烈而镇定。她爱一个人,也许会在睡觉时把指头插进他耳朵,以确保他就在自己身边,对不爱也不恨的人,她像煮熟的麦粒,子叶向中缝蜷缩,像拉紧一件并不存在的大衣。

她示意他跟她到二楼。

"他来要狗,一早就来了,赖着不走。"她急切地告诉他,"姐姐吓得不敢来。"

他松了口气,只要不是她前男友什么的,其他不必在乎。

"牵来还他就是,"他笑着说,"没有必要让一条狗搞得客人不敢来喝咖啡。"他同时想的是,幸好我和狗的感情还不深,还没掉进那双深不可测的眼睛。

"为什么要还给他,不还。"妹妹狡黠地笑了笑,"他不知道狗在你那里。"

"你姐呢,她怎么想的?"

"她的想法和你的一样,但我不同意。"

说完转身下楼。

那么显而易见,最近他都不能在咖啡馆出现。为了不让他们找到他,也不能再去观山湖跑步。平时跑步的时间,现在用来遛狗。

生活习惯的改变不仅意味着时间重新排列组合,第一次遛狗就发现,遛狗和跑步截然不同,跑步的线路可以固定不变,遛狗则不行,你永远不知道狗想走哪条路。有时他强行让它走他选择的路,有时迁就它走它想走的路,有时两者想法不谋而合。这是从未有过的乐趣。遛狗的次数越多,它越来越习惯走他选定的路,也就是说,无论他怎么走,它无条件跟随。这除了乐趣,还让他感到从未有过的责任和负担。

把新发现告诉妹妹,她回了个上翘的大拇指。期望她多说几句，但是没有。至于她姐姐，回微信的次数比看到流星的次数还要少，咖啡馆有干不完的零碎活，她一分钟也停不下来。这让人既心疼也有点不满。

自从有了这条狗，时间过得比平时快。他想去喝杯年代，怕碰一鼻子灰，邀请妹妹一起去，妹妹秒回：好呀。

妹妹还没到。来得比平时早。刚进去就想退出来。那个要狗的人坐在上次那个位置上，恍然觉得他上次来到这里就没离开。一长三短四张沙发围着一张茶几，布沙发，有点旧，任何人坐在那里都会陷进去，来个葛优躺。他不，像有心事的小学生一样将手撑在茶几上，撑着的不是脸，而是一个随时有可能掉到地上的梦。上次没仔细看长相，但不用怀疑，肯定是他。清瘦，脸色偏白，身量不高。

他看了他一眼，他也看了他一眼。

看样子还不知道狗究竟在哪里，否则会立即跳起来，给他一拳或者卡住脖子不放。

有点心虚，假装去阳台玻璃屋，那是妹妹最喜欢的地方，她常在那里看书。刚走到门口，听见那人对姐姐说，有客人来了，在那边。

回头寻找姐姐,姐姐刚走到吧台,没朝玻璃屋这边看,她柔声细语地问那个人:"怎么不喝呀,不好喝吗?"

首先被打击的是身体,然后才是思维。他很不舒服地僵了一下,那语气和前倾的身体,像母亲关照受委屈的孩子。

"不想喝。"

"吃开心果。"

"不想吃。"

玻璃屋的地板被踩得咯吱响。由于强烈嫉妒,眼见的一切变得模糊。感觉自己被抛弃被出卖,同时又明白这些想法不成立,没有道理,不是一个成人该有的想法。自暴自弃地想,自己就是个窝囊废。他想拿块石头砸向某块玻璃。不是玻璃房的玻璃,是另外一个地方的玻璃。

她进来了。没端咖啡来,也没端其他东西。站着。

"我想请你把狗还给他。"

"狗是我买的呀。"

"我知道是你买的,多少钱,我给你。"

"不是钱的问题。"

"是什么问题?只要你把狗还给他,别的事好商量。"

"狗现在是我的,谁也不给。"

"你才养一个多月,他从小就养着它。"

"这能成为从我这里夺走它的理由吗?"

"不是夺,我是在求你。"

这时有客人进来,她说:"请你考虑一下。"严肃的脸已经由冷转暖。

他站起来就走,不想给她面子,也不想再等妹妹。心里不合时宜地冒出一首老歌:走吧走吧,人总要学会自己长大。咖啡馆播放的是轻音乐,传到耳朵里感觉有种嘲弄:走吧走吧,人生难免经历苦痛挣扎。同样一杯酒,有人喝着很舒服,有人喝着却感到难受。

门还没打开,狗已在门后弄出声响。它熟悉他的脚步声,呼吸声,咀嚼声,咕噜声。开门后抱住它,和它一起玩,泪水在眼眶里打转。刹那间想到父母,想到他们在酒厂里喊着他名字。这曾被人拿来当笑话讲,现在却成了他最深切的思念。他给狗取的名字是糍粑,有嘲笑它老得浑身发软的意思。原名叫虎子,觉得有点俗,不喜欢。狗很快习惯新名字,一叫糍粑就看着他,即使坐着也会摇尾巴。进屋后,他蹲下去,和狗平视,一动不动地看着。糍粑忧伤地靠过来安慰他,在他脸上舔了一下退回去。我是你哥哥,他说。

妹妹发微信问他怎么不等她。他想了半天,不知道怎么回答。几个小时后,觉得不必回答。午夜时分,微信铃声又响,是姐姐,她转了三千块钱。买狗花了两千。他第一个念头是退回去,再附上一句风凉话。想想觉得撒气很蠢,如果她不是爱上他而是出于同情,这么做只会彻底失去她。不管它,时间一到自动退回。这功能很好,他想,同时想到这是打烊时间,他们在一起吗?会去她那里吗?蓦地感到处在悬崖边缘,心脏被锤了一下。

糍粑不可能跟着哥哥昼夜颠倒,它睡在垫着胶合板的狗窝里,醒来过好几次,每次都要看哥哥一眼,把哥哥身影关在褐色眼睛里才能继续睡。

二十四小时后,三千块钱原路退回。只过了几分钟,她再次转款,四千。要不要把她拉黑?问糍粑。糍粑只睁了一只眼,仿佛在说,这是你自己的事情。又过了二十四小时,四千退回去,发来五千。他有点生气,输入短信像神枪手装子弹一样快,从敲击字母到按下发送键一气呵成，子弹咻的一声飞了出去：

休想。

在酒厂长大却不会喝酒，现在想去买一瓶把自己灌醉，懒得动才没去。脑子里的东西太重，身体不想动。她从怕得不敢去咖啡馆到像母亲般和善还来替他讨狗，这中间发生了什么？对此他并不想知道，只感觉脚指头在动，像遇到危险一样挖着鞋底，塑料拖鞋被挖得咕呲响。

为了不让其他心思挤进脑子，这天晚上整理文件极快，离天亮还有三个小时就已处理完。他以为看了"休想"二字，她不会理他，可她发了一个笑脸。发过来时没看见，正准备上床休息时才看见，这让他无法入睡。这是讥讽？是不屑？是和解？思维原本是冷的，现在热起来，不光睡不着，躺着也难受。

不想惊动糍粑，可他穿好衣服后发现它已经站在门口，眼巴巴地看着他。

"不用管我。"它摇了摇尾巴。

"我一会儿就回来。"又摇了摇。

他苦笑了一下。"走吧，你不会是老得睡不着起来陪我吧。"

和糍粑走到天亮回屋，脑子依然乱，但身体很累，他相信倒下就能睡着。这间办公室从前面看是地下室，后面有个斜坡，地下室变成一楼。类似的房子在贵阳不少，因为依山而建，负四楼换到另一面有可能是一楼。到底是正楼层还是负楼层，要看主楼如何定义楼层。这和他无关，但很满意这种神秘感，他喜欢独来独往。

刚躺下就有人敲门，敲门一定是工作上出了大事，小事打个电话即可。几年来主任只敲过一次门，那不是他的错，是发资料的人发错了，让他立即修改。他翻身下床，立即去开门。糍粑料事如神似的没有动。

是她，那个被"子弹"击中但没受伤的人。那个表情包不是讽刺也不是和解，是等着瞧。

"你住在这里啊。"

这话除了好奇也是开场白，他听着却觉得她的意思是，这条件也太差了吧。

"我今天来，是来求你把狗还给他，你不知道他有多惨，他都抑郁了。"

"这跟我有什么关系，你把狗拉走，就不怕我抑郁吗？"没说出来，在心里发问，给她一个一切免谈的表情。

"你不要钱,要别的也可以,说出来商量嘛。"

他镇定下来,返身找到钥匙,把门拉上,以免糍粑跑出来。

"你知道他有多惨吗,生不如死,我真看不下去。希望你高抬贵手。"

"我已经养了四个月,我和它也有感情了呀。"

"他从小就养着它,十一年。如果是一个人,相当于把它从小养到七十岁。"

"时间长就能代表一切吗?"

"我有个好主意。你们两个站在广场上,各站一边,我把狗放开,看它跑向谁。它跑向谁就归谁。"

"你没有资格来当法官。"

"你选个人来当法官。"她认真地说。

"行了,我不想和你扯,我不会把狗给你,请回吧,我要休息了。"

他转身开门,她在身后说"真是铁石心肠"。还真让你说对了,他想。我本来不是铁石心肠,从现在起必须铁石心肠。

和被表情包搞得脑袋发烫睡不着相反,把她"怼"回去后睡得很香。醒来时听见糍粑打鼾,没料到狗也会打鼾，他把它叫醒，带它去观山湖公园。

糍粑和平时一样不时滋尿。哥哥则在想，什么才能吸引它往自己这边跑。他不屑搞阴谋，也不会同意她的提议，如何才能吸引糍粑往自己这边跑成了他赶不走的思考。

回到办公室，他意识里除了糍粑，没有任何人进来过。此前因为简陋不便让任何人进来，从现在起这相当于私人领地，不屑也不想让任何人进来。为此他搬了块石头放在门口，不是为了挡住想进来的人，而是用来提醒自己，立石为约，要像动物一样有领地意识。也曾为如此孤寂和担心别人瞧不起感到害羞，现在起如果再害羞就是自轻自贱。不能再厌恶脸上的雀斑，不必嫌弃单眼皮。有些花根本就没有蜜，但蜜蜂无权谴责，不是所有的花都要为蜜蜂准备好蜜。想做君子还是想做无赖，我自己说了算。

第二天从观山湖公园出来，带着糍粑故意去咖啡馆，故意挑衅一下。宠物笼子里有只泰迪。笼子用铁丝网隔成两个室。糍粑进去会塞满。他没把它装进去，随意地拴在铁条上。糍粑一来泰迪就叫着向外扑，像敢于打败大象的蚂蚁一样无所畏惧。糍粑看也不看它一眼，哥哥进去后糍粑在笼子外面躺了下来。

离吧台最近的那几个沙发上没人,这让他感到安慰,但他并不想坐那里,点好咖啡后去玻璃屋。她端来咖啡,像对待熟客一样点了点头。既不惊讶,也没有多余的话要和他说。搅拌咖啡时,小勺子碰得杯沿一连串脆响。他的手在抖。心指挥他来挑衅,身体却不配合。咖啡圈纹缓慢地变化着,对即将发生什么似有暗示,看似非同寻常却又无可解读。林荫道依然翠绿,喜鹊的叫声既无陶醉也不厌恶,就那么枯燥地喳喳喳喳。

明天是星期天,今天不会有人给他传文件,即使有,数量也会非常少。他本可多待一会儿,待到半夜都可以,但他待不下去,咖啡喝完后离开。

糍粑被泰迪抓伤。泰迪的小爪子可伸出来,糍粑的爪子无法伸进去。踢了铁笼一脚,牵着糍粑去药店买了瓶红药水。糍粑擦上红药水后反倒增添几分妩媚,比平时赢得更高回头率,他却感到难过,替自己和糍粑难过,一种孤独的轻悲,一种不知如何的无力感。

门口那块石头提醒他的不是不让哪个人进去,而是除了他和糍粑,不会有第三个人进去。他抱起它,把它丢了出去。石头落地碎成两半。

"她还是她，我却不是我自己。"

沐浴时糍粑钻了进来，这是他网购的简易整体浴室。他知道糍粑喜欢玩水，想到它有伤，不敢让伤口沾水。不知道糍粑是不在乎，还是忘了自己有伤。它一进来就让水把全身浇湿，欢喜得呜呜叫，尾巴打得塑料布噼叭响。

生活一如既往地平静。回了趟老家，父母正在为争取养老保险烦恼，开始那几年，酒厂没给他们交，现在补交得好几万。去看望儿时最要好的朋友，努力地无话找话说，却怎么也做不到无话不说。

乘兴而去，败兴而归。

回到贵阳后心灰意冷，不想跑步，不想遛狗，不想去咖啡馆。糍粑发现这一点后不想碰他，和他尽量保持距离，不愿闻他不良情绪的臭味。

已进深秋，大院里银杏树叶泛着金光，不少人来拍照。他更不想出门。这天他正准备工作，有人敲门。他第一次不想理会。糍粑却激动得跳了起来，冲到门后把门打开。那是一把带防盗链的门锁，糍粑轻而易举地将它打开。

是他。

来强夺狗来了吧？要不就是来打架？假装工作，等他开口。糍粑已经扑到他怀里，他也蹲下去紧紧抱住糍粑。偶偶叽叽咕咕伊伊呜呜，分不清哪个声音是狗发出来的，哪个是人发出来的。他们既像两条狗，也像两个人。既像多年老友，也像破镜重圆的夫妻。他们之外没有第三个人，甚至连灯光连房子连时间都不会有。

"我知道我知道，我知道你还在。嗯嗯。我知道我能找到你，我知道我知道。哦哦哦，对不起对不起对不起啊。嗯嗯，你知道我在找你，是的你知道你一定知道，嗯嗯，我不怪你我不怪你。虎虎虎虎，你好好的我就放心了，虎虎虎虎，他们说你死了，我知道是在骗我。"

他一会儿哭一会儿笑，狗则没完没了地呜呜抱屈。

没养过狗的人会觉得他是疯子，他想。凭他和狗说话就知道他不会打架，那就看他怎么说吧，他想。蛛网似的东西蒙在脸上，揩了一把，发现什么也没有。

他没看他一眼，他也没有。

和狗伊呜完后，去清洗狗槽，清理粪便。这期间听到他说，这样会长虱子的。清理好后把狗关好，悄无声息地离开。没忘记把门带上。

有点别扭也有点尴尬,想和谁说说又不知道和谁说,这又不是什么了不得的事情。他没带糍粑,一个人在外面走到天黑才回来。银杏树叶铺了厚厚一层,晒焦后被踩成碎片。

二十四小时后,他准时前来。仍然是糍粑去给他开门。他们又一次拥抱,偶偶叽叽咕咕伊伊呜呜和昨天一样长。诉说结束后,他像做家政一样一丝不苟地清理狗槽,还给狗刷牙。狗用的牙膏牙刷是他带来的,糍粑很配合。狗还需要刷牙?平生第一次知道。在手机上查了查,短视频和相关产品应有尽有,琳琅满目。他离开时,糍粑不想让他走,他向它保证明天会再来。

它真听懂了吗?很难说,但它的确没再纠缠,乖乖地躺在狗窝里。人和狗可以终生不渝保持亲密关系,人和人却做不到。那次在观山湖公园跑步,一个中年男人牵着一条狗,见人就问买不买狗。没人理他,买狗卖狗应该去狗市,哪能来公园。还有人小声嘀咕:今年卖狗明年讨口。而一些懂行的人不怕他听见地议论:这是条老狗,不值钱。

他从没想过养狗,条件既不允许,对宠物的了解也很有限。为了谨防耗子偷粮食,酒厂当年养了好几只猫。他被其中一只浑身黑毛的猫抓伤过。漆黑的夜晚，突然出现两粒绿荧荧的鬼火，猫认识他，扑上来撒娇，他害怕之下反倒被抓伤。酒厂与学校之间隔着一片柏树林，树林边上有户人家养了一条黄狗，是有名的缩头狗，咬人后不出声，闪回窝里躺着，就像什么也没发生。他对这条狗又怕又恨。这些猫和狗都不是宠物，它们是主人的帮手。养宠物的人有一种天赋，他们爱宠物胜过爱自己。把狗买下来送给姐姐，是他以为她有这种天赋，她对每个人都那么周到，那么体贴。加上，那天几个人在咖啡馆讨论盘江狗肉和花江狗肉哪个更好吃，她送上微笑再劝诫：狗对人那么好，不应该吃它哈。

讨好一个人有时就像喝一杯从没喝过的咖啡，弄不好会引起某种不适。卖狗的人和他走到兴筑路才分手，他要现金，只好到咖啡馆对面取现给他。当时不去咖啡馆，糍粑的前主人一定会失去线索。

接连两天，那人按时来看他的狗。第三天，哥哥忍无可忍，操起清洁工掉在房间的铲子砸东西。没有分别，一股脑砸过去，什么都砸，凭着狠劲疯劲，办公桌、电脑、椅子、茶几、煮水器、矿泉水桶、装衣物的纸箱。不看那人和糍粑，边砸边说厌恶自己，我恨我自己。如果体力可以，他有可能拆掉整栋大楼。累得举不动铲子才停下来，瘫倒在砸歪的床上。白天到来，他去麒龙CBD租了间房子，和糍粑搬了进去，告诉糍粑这是新家。

从这天起，糍粑总是和他保持一米以上距离，发现他靠近立即躲开，它很敏感，哪怕突然出现在它身后，浑身长了眼睛似的用半秒跳到一米之外。散步时还好，离得远了会等他，甚至怜悯地看着他，一旦靠近，腿上装了弹簧似的跳到一边。

一个月后，他辞掉工作，将那些原本单调互相并无关联的视频整理后变成指向明确夸大其词甚至与原意完全相反的内容非常危险，再干下去会精神分裂。新家在二十一层，风大，窗户只开一条缝，风就能把窗帘吹起来。飘动鼓胀的窗帘如孕妇，裹着风的秘密。糍粑喜欢和鼓起的窗帘玩，用头顶用身体蹭，假装害怕，后退一步作潜伏状，一跃而起作捕猎状，就是不和哥哥玩。他不怪它，某一天把糍粑牵到咖啡馆，拴在铁笼子栏杆上独自离开。

送走糍粑后早上跑步，跑完回来看书，将颠倒的时间颠倒过来，强迫自己像正常人一样生活。

站在窗边，有种一跃而下的冲动。他告诫自己少去窗边，一跃而下没有任何意义。他意识到那些夜晚时光对身心有害，人不应该被有害的东西摧残，把习惯在黑夜里出没的动物交给黑夜，人应该迎向光明迎向白昼。跑步时想着这些，感觉很舒服。跑步不再是为了锻炼身体，更多是为了思考。躺着思考像理一根长绳，常因太长睡不着。坐着思考有如翻土，常因太宽精疲力尽。跑着思考像凭空抓鱼，不一定有，有了一定鲜活。也只有跑步才能抓住这条鱼不放。

开始几周跑出公园后直接回家，从某天起绕道咖啡馆再回家。这么早，她不可能在，最早十点钟去才开门。在两排樟树中间慢跑，感觉红色步道像彩带在飘，陶瓷花瓶栏杆后面的咖啡馆城堡一样安静。油然生出一股亲近感，有种莫名其妙的吸引力。

久不联系的妹妹微信语音留言："你怎么把狗给他了呀？"

他不高兴地回答："不给他难道宰来吃？"

"我不喜欢那个人，第一次来要狗时，真像我们把他的狗吃了。"

"我以前吃过狗肉，从现在起绝对不吃。"

为了避免坐吃山空，其间找了好几个工作。找工作像小时候摘李子，李子还没熟时特别想吃，等到李子熟透却不再想要。有些工作至少看起来不错，可录用通知等他在新单位上班后才到。新烤的红薯很香，吃着时感觉正在烤的那个更香。背着包出门，一只脚走在林荫道上，另一只脚走在喧闹的人行道上；一只脚踩着希望和苦涩，另一只脚踩着荒诞和无奈。

在这平常又平淡的日子中，糍粑死了，因衰老而死。樱花开得最繁的那个春天，可怜的人在工地上因塌方受重伤，送到医院后没能抢救过来。他们把他的骨灰和糍粑的骨灰埋在一起。

观山湖公园精心布置的美让周边居民感到安心，哥哥已经习惯早上跑步，下班后去咖啡馆喝杯咖啡。咖啡馆停在时间之外，几年来没任何变化。贴在《泰晤士报》上的留言条摇摇欲坠，不干胶已干，倒是上面的话永远湿漉漉：

"我们没有故事了，再见我的男孩，世界欠我一个你，是世界欠的不是你。"

英文：去教堂，我应该去的地方。

法文：我做了这件事，叫作"陌生人"。

咖啡味如旧,皱巴巴的五线谱下干花坚强,黑板上粉笔写的字和画已逾千年。

哥哥仍然只喝年代,站着喝,喝完就走。这天,姐姐叫他等等,她对一个看不见的地方说:来一杯纯奶咖啡,一杯年代。几分钟后,一个眉清目秀的小姑娘用托盘送来咖啡。

"招服务员了?"

"不是,是我侄女。"

"你知道他父亲为什么要把狗卖掉吗?"

"我不知道,也不想知道。"

"好嘛,我妹妹说你是一个好人。"

南门桥

翠微巷路口有家炒货店，炒葵花子、花生、南瓜子，两三个人在板棚里忙碌，或炒或簸或筛，或过秤或叫卖，这种热气腾腾跑到巷子里，整个小巷生机勃勃。任何一个情绪低落的人只要放下身心看上几分钟就会被热烈的场面治愈，往下撇的嘴角即使不能上翘也可拉平。嗑几粒刚出锅的瓜子，烦恼至少可以消除一半。

雪隐住在石岭街，去文化路得从炒货店外面经过。没戒烟之前，他赞叹炒货店生意好却很少买。从戒烟那天起，他每次路过都要买半斤原味瓜子。刚开始是为了让手指像蚯蚓觅食一样把摸烟改成摸瓜子。拈一颗出来，嗑开，细嚼，像长辈一样语重心长地提醒自己：你正在戒烟啦。蚯蚓没长眼睛，在土里拱来拱去从不迷路，手指头也没长眼睛，却知道烟在哪里，火机在哪里，有时大脑并没指挥，它已殷勤地替他把烟点上。大脑要等他吸上一口才想起手指，手指像受到表彰的小人物一样，两个指尖互相搓搓，及时地把他含在嘴上的烟拿开，以便他缓口气抽第二口。让手指习惯从摸烟到摸瓜子，他花了八个月时间。现在，他对瓜子有了小小的瘾头，不过没关系，瓜子瘾和烟瘾不可相提并论，如果烟瘾的力量是一头狮子，瓜子瘾最多算一条哈巴狗。

这天他正在买瓜子，合伙人老谢康打来电话，激动地告诉他，有人愿意为千翻赞助一笔钱。雪隐不如老谢康激动，他嗯嗯啊啊敷衍。

"老雪隐，你是不是不相信？"

"当然相信，这是好事，好事。"

老谢康像遇到扶不上墙的烂泥，懒得和他计较。"你快点来，我们好好商量一下节目，赞助人要看了节目才给钱。"

老谢康不老，他们是中学同学，上学时看了《麦田里的守望者》，学霍尔顿在同学的名字前加个"老"字。

有赞助当然好,不过现在高兴未免早了点,钱到账再高兴也不迟。千翻是剧场的名字。千翻是土话,包含聪明、作怪、捣乱、讨嫌之意。去年以来,千翻演出了连水电费都不够的几场戏,房子若不是老谢康他父亲当年出资买下,他们早该散伙各奔东西了。剧场已不再卖门票,卖不动,主要用来排练,收入靠参加大单位活动。劳务费不低,恼人的是空闲时没活干,活太多时没法分身。

翠微巷又窄又短,宽大的新华路像树干,翠微巷则是新华路向东伸出的枝条。翠微巷往北二十余米就是南门桥,钢筋混凝土结构,由六个桥拱组成,桥拱与水中倒影相连,因水位变化时而溜圆,时而椭圆。雪隐走到桥下,钻进泄洪桥孔兼人行通道。钻进去是入相,从另一边爬上来是出将。入相出将可避免过人行横道。人行横道并非不安全,而是过人行横道的紧张感,有如社恐患者抑制不住焦虑,即使没有车经过也会担心意外。有时候走得太快,站在桥头不由自主回头看一眼,看灵魂有没有跟上来。老谢康老喜欢咋咋呼呼,灵魂还没跟上来就做事,一点不沉稳,吃一堑生一次气,智慧一次也没增长。雪隐有时走完大桥再穿到对面,这是一种防止陈词滥调似的行为自觉。南门桥其实有八个洞，六个水洞，两个旱洞，旱洞在两头，与傍水步道贯通。自从下决心戒烟，雪隐从就近的桥洞穿到对面。陈词滥调不好，但仅凭走不同的路并不能解决问题，刻意为之显得做作。

老谢康嫌他走得慢，他说他边走边想，并没耽搁。从南门桥过去后，既可走小巷到文化路，也可一直沿河边走。确实在思考，也确实沿着河边走，路程远不了多少，是灵魂让他脚步变慢。他觉得他的灵魂不愿跟着他走，他只好不时坐下来，吃着瓜子等它。他很注意不让瓜子皮掉地上，装进沿途收到的广告纸折成的盒子里。他折叠的盒子与众不同，瓜子皮进去出不来。在千翻剧场，他表演话剧和魔术，心灵手巧。

这次演出是社区要求的戒赌宣传，老谢康的意思是好好搞，不光要在社区演，还要在其他地方演，甚至在千翻演出。剧场卖不了门票，可以卖爆米花和饮料，卖老雪隐念叨的炒瓜子，赠送老雪隐折叠的貔貅纸盒。老谢康给纸盒取名貔貅，只进不出嘛。

雪隐说他想好了怎么演，保证精彩。他用三个小时制作道具。雪隐一人演两个角色，既演赌徒也演赌徒的女人,老谢康当助手。台词很简单,由赌博引起的争吵、指责,耳熟能详的市井语言,信手拈来非常鲜活,排练时自己都憋不住笑。但这不是重点,重点是赌徒听了老婆的规劝和告诫(其实是唠叨和哭诉)后决定痛改前非,女人不相信他能改,类似的保证已经不知听了多少。赌徒带着委屈和决绝,手起刀落砍掉两根手指。

当然不可能是真正的手指,是雪隐用硅胶做的假手指,里面灌满红墨水,为了逼真,在红墨水里加了几滴黑墨水。颜色接近,浓稠度大不相同,但戏剧效果比真正的血还好。胳膊下夹了一个装满同样内容的吹灰球,轻轻一夹,"断指"再次飙血,为了效果可飙三次。伴以女人的尖叫,赌徒不以为意地飙血,剧情到达高潮。

老谢康建议在千翻剧场试演,看看观众的反应如何,再综合大家意见修改。雪隐觉得这是废话,平时不也这么做嘛。不管什么人,相处太久总能发现不对味的弱点,但不必点穿,疥癣之疾而已,自己在老谢康眼里怕是毛病更多。

雪隐正准备坐下来安心嗑瓜子,赛车咆哮声突然响起。这是老谢康的手机铃声。电话是妈妈打来的,住在医院的父亲吃不下东西,昨天今天吃什么吐什么。老谢康说，妈，我马上来，顺手从桌子上抓起头盔。从剧场旁边巷子里推出摩托车，哧哈哧哈，轰轰、轰轰，像骑烈马一样冲到大路上。老谢康发动摩托时，雪隐说我也去。老谢康说不用。雪隐追着背影大声喊慢点。

老谢康的梦想是当个赛车手，偶像是舒马赫。别的小朋友抢遥控器看动画片时，他只看F1（世界一级方程式锦标赛），小小年纪就能分清法拉利、迈凯伦、梅赛德斯、本田、丰田。妈妈说，有什么看头呀。他的回答是尖叫。二十出头，知道这辈子上不了F1赛场，只能用手机铃声和一辆拉风的六眼神魔过瘾。这辆摩托是弹射起步的，冲劲十足，出发时像炮弹射出去。从零公里加速到三百公里只要7.7秒。妈妈每次看到他骑上去都心惊肉跳，他干脆把摩托放在千翻剧场，再也不骑回家。即便如此，雪隐总要喊一声慢点。有没有用是一回事，喊不喊这一声是另外一回事。

老谢康赶到医院，父亲的检查结果出来了，药物性黄疸。医生说修改用药方案应该能够得到缓解。老谢康叫妈妈回去休息，他来陪爸爸。妈妈比爸爸小二十多岁，爸爸住院一个月，妈妈一下变老，和爸爸的面相越来越般配，老谢康一阵心酸。只有雪隐叫他老谢康，别

人叫他谢康乐或谢总,爸爸妈妈叫他乐乐。妈妈说:

"乐乐,我没事,你去忙你的。"

老谢康说他要和爸爸聊天。

他平时很少和爸爸聊天,甚至连爸爸也很少叫,当面背后叫他老爷子。父亲住院后,他一改玩世不恭,当面叫爸爸,和人说到时以"我爸"指代。

晋人谢灵运继承祖父爵位,被封为康乐公,谢康乐是他的别名,谢爸爸很喜欢这位山水诗鼻祖,临摹过明朝画家的《谢灵运像》,儿子还没出世就已经想好给他取名谢康乐。

谢爸爸往常喜欢聊贵州的画家,或评头论足,或回忆他们的轶事。最近几年却喜欢刷抖音,尤其是住院以来,抖音占据除吃药打针外所有时间。被病友抗议两次后,老谢康给他买了耳机并提醒他随时戴上,以免声音让别人烦。老谢康说要陪爸爸聊天,是想把他从抖音里拉出来。但是他失败了,以前他不喜欢听爸爸聊,现在爸爸没兴趣和他聊。雪隐打电话问老爷子如何,他就这事和雪隐聊了半天。

"我发现什么东西都在生锈,水管、螺丝、相框,连鸽子的爪子都在生锈。"雪隐说。

"最近雨水有点多。"老谢康说。

"和雨水无关。"

"污染?"

"不是,我是说我们都老了。"

"我也觉得。"

两个即将年满三十的人在电话里笑了起来。

"你想放弃吗?"笑完后老谢康严肃地问。

"坚决不。"雪隐说。

雪隐说的"锈"是花粉,在三、四、五这三个月里,整个贵阳花粉弥漫,它们来自图云关森林公园、黔灵公园、顺海林场和环城林带,赤松、湿地松、火炬松,它们大大咧咧地将花序举在空中,让成熟的花粉御风而行。花粉在阳光里看不见,却和光同尘无孔不入,桌子三天不擦,就能堆得有三张A4纸厚,颜色如同黄土,摸着像细沙。雪隐故意把它说成锈,是想借通感表达自己的感受。他指的老不完全是年龄,而是老气横秋,朝气被看不见的"锈"抹杀。

这锈来自生活的意外和不可把握。

老谢康说,即使不聊天,他也要在医院多陪爸爸两天。

"应该的。"雪隐说。

试演放在一个周末。雪隐亲自设计易拉宝。

谐剧：赌徒的忏悔

免费观看

可自带零食和饮料

老谢康的第二个梦想是当演员，电影电视里那种，他觉得不是自己演得不好，而是没有机会。在一部不太有名的电影里，他演过一名开车逃跑的犯罪嫌疑人。觉得不过瘾，却再也没人来请他。雪隐不同，他只对话剧感兴趣，毕业后没去剧团而是靠关系去信访局当接待员，别人羡慕他找了个好工作，他干了两年后坚决辞职。重新考剧团没考上，遇到老谢康后决定自己干。常日就他和老谢康，需要人手时请艺校学生或志愿者帮忙。老谢康相信还有机会在镜头前表演，雪隐则认为话剧才是真正的艺术，古老而又常青，期待有朝一日去大剧院演一场真正的话剧。比如《撒勒姆的女巫》，他为这部戏准备了好多年。

试演这天空气不错，下了阵小雨，花粉被淋湿后没能进城，雪隐买好瓜子往巷子里走，绕道甲秀楼。水云天酒店外面有棵大樱桃树，红宝石般的樱桃密密麻麻，因为樱桃酸，也因为人的自尊自重，直到熟透都很少被摘。雪隐觉得很好，种在闹市的樱桃就应该这样，种来看不种来吃。这给了他好心情，表演时格外放松。

观众来得比预计的多，十排坐了七排，虽然每排两头位置没坐人，但打眼望去人头攒动，须知只在朋友圈推送了一次。

老谢康设计了一款小视频，把与"赌"字有关的词做成跳动的小鬼，从黑暗深处跳出来，越来越大越来越近，狰狞一笑作吞噬状，然后消失。

赌徒赌鬼赌神赌气赌局赌家赌色赌钱赌债赌棍赌友赌博赌资赌贼赌账赌本赌窝赌场赌术赌注。

最后出来的是"贝"和"者"。篆体，"贝"字像胸骨，"者"字在燃烧。视频一放，喧闹的剧场顿时安静下来。

雪隐化阴阳妆，左侧是男人，右侧是女人。亮相后回到后台。音响里发出洗牌声数钱声得意声抱怨声哀叹声吵闹声。声音戛然而止，雪隐侧脸出来，亮女人相，嗑瓜子，灵巧地把瓜子皮吹出两米远。

谢爸爸买下房子，是想儿子走投无路时用来开个超市或餐馆。在谢爸爸眼里，儿子早就走投无路。得知他用来搞剧场，气得直哆嗦。若不是妻子开导，"不怕的，房子还在"，他会不会晕倒在地，全看从四肢向中心聚拢的颤抖何时到达脑部。妻子一边拍一边劝，将这股怨气及时纾解。

老谢康对爸爸的评价是：他不懂。

谢爸爸对儿子的评价是：他什么都不懂。

雪隐的演出一看就懂，一点也不复杂。在赌徒对天发誓痛改前非不被信任手起刀落之前，雪隐将女性冷静的脸转向观众，老谢康在幕后发出疑问：

你为什么不相信他？

我不是不相信他，我是不相信人。

绝望的赌徒将手指放在桌子上，然后大义凛然地一刀砍下去。

高潮。

雪隐将"断指"面向观众，胳膊暗中用力，让气囊里的"血"飙向观众席。追光灯追着飙血，从空中追到地上，让观众看到地上泛出血光。再镇定的人也会胆寒毛竖。

结尾是赌徒的女人一边指责一边送赌徒去医院，雪隐揭下手套，以示这不过是魔术，他的手指并未被砍掉。

他在挤第二次血时，观众席上一位女观众被吓坏了，痛苦地叫了一声，没等他表演完就晕倒过去。剧场里顿时一片混乱。

雪隐茫然地站在舞台上，下垂的"断指"在滴血。

老谢康从后台出来，笑着问什么情况。雪隐用滴血的手指下面，不小心把"血"挤出来，忙脱掉手套，和老谢康走到台下，把完整的手指亮给观众。

晕倒的人躺在椅子之间，在几个手机电筒的照射下模模糊糊。老谢康跳回去开灯。"快送医院啦。""快做人工呼吸呀。""太吓人了。"动嘴的多，动手的少。有个年轻人跪在地上捧着她的头，是她男朋友。大灯打开后，躺在地上的人动了一下，男朋友低下头喊她的名字，她微弱的咕哝声梦魇般不知所云。雪隐想来扶她，被她男朋友拒绝，"你不能再吓她了"。老谢康和她男朋友把她扶起来，她惨然不语地摇晃。老谢康说，让她坐会儿吧，休息下要好点。

雪隐到后台卸妆，卸完后出来只看到老谢康一个人。

"他们走了?"

"走了。"

"今天要去医院不?"

"要去。"

"去吧,我来收拾。"

雪隐把剧场收拾整理好才回家。回到家给老谢康打电话,问下次是不是将红墨水改成纯净水。老谢康说那怎么行,不可能每次都有胆小的观众,叫他放心。雪隐说,那就演出之前说这不是血,是道具。老谢康不同意,这会影响演出效果。

这天晚上睡着后,他几次发现灵魂从身体里跑出来,站在床头看着他。惊醒几次后心想不睡了,看手机吧。手机亮光刺眼,闭着眼睛等待适应,这时灵魂却依偎过来,让他抱着手机睡到天亮。

醒来后喝了瓶椰奶。从冰箱里拿出来的,上了点年纪的人说这种喝法伤身体,上火。他想,我没感觉呀,何况我不一定活那么久,怕什么呢。拉开窗帘,正对面是南明塘,据说是贵阳风水最好的地方。南明塘对面是天逸城,融吃喝玩乐与购物为一体。正南方向是大剧院，离得最近却看不见，被他自己住的房子挡住了。能在石岭路买房的可不是一般人，房子是她留给他的，雪隐一分钱没出，他们在一起两年多，他的幽默和文艺气质不再吸引她，他身上的灵光在她眼里已经熄灭。她说，她很满足，但不能再这么满足下去，她得为她今后的生活负责。她不仅能干，还总是一眼就看穿他："你做事之前想得太多，不改变这一点，你永远不会改变。""问题是……""一说问题，你就变成了旁观者，而不是台上那个拳击手。"他其实不爱去想怎么做，因为这充满了励志的陷阱。这时老谢康微信催促：

"快到了吗？快点来。"

"医院吗？"他以为谢爸爸不行了。

"千翻剧场。"

从下楼打的到文化路只用了十分钟。

"什么情况？"

"有人举报我们的演出暴力血腥。派出所叫我们去一趟。"

雪隐首先猜测的是昨天晕倒那个女观众的男朋友，看上去文质彬彬，这种人恰恰爱使阴招。当然，也有可能是那个晕倒的女观众，她那么胆小是有病吧。老谢康看出雪隐非常紧张,告诉他不要怕,到时候实话实说。

"我们又没犯法。"

"他们为什么不直接找我?"

"我是法定代表人呀。"

雪隐想起一个故事,两个猎人打猎前约定好当天只打山羊不打野兔。他们进入林区后,山羊和野兔都在逃跑。山羊问野兔,你跑什么呀,他们今天又不打兔子。野兔说,哪里是你说的这样,一旦到他们手里,你是山羊还是野兔由他们说了算。

平时觉得这个故事好玩,现在却担心自己是将被当成山羊的野兔。

派出所的房子并不高大豪华,走进去时却有一种抑遏和尴尬,举手投足都不自然,担心自己言行不妥。坐下后却又发现似乎并不那么恐慌。

接待他们的是两位和他们年纪相差不多的年轻民警。首先登记身份证,老谢康名叫谢康乐,雪隐本名杨光路。

"知道为什么叫你们来吗?"

"知道。"老谢康强烈不服,"可我们没有犯法呀。"

"违不违法现在不知道,接到举报,我们得调查了解。请把那天发生的事情详细说一遍,谁说?"

雪隐向老谢康做了个按下的手势:"我说。他在后台,他不清楚。"

他告诫自己不要说蠢话,也不要自作聪明。他遗憾没把砍断的硅胶手指和红色液体带来,如需要,民警可上门查看,也可由他送来检查。雪隐说得并不快,也不复杂,说完却感觉到有点累,像举着一根鸡毛走了很远的路。灵魂没有跟他一起来派出所,但他并不知道。他要自己不卑不亢,语调和表情却不听调遣。他看不见自己的表情,但他知道自己的表情并不自然。他脑子里有只小鸟,不时在他脸后面啄一下。(约翰,过来帮我一下,我们都束手无策了/在你决定猎杀魔鬼之前,为什么不开个会呢?/不经过开会同意,一个人大概都不许拔牙了)他在描述自己的表演时,《撒勒姆的女巫》的台词清晰地在脑子里播放,那只小鸟一会儿是吕蓓卡,一会儿是贝蒂·巴里斯,一会儿是约翰。

"警官,情况就是这样,如果涉嫌违法,你们可以拘留我,但请让他回去,他父亲正在住院。一切由我承担。"

民警让老谢康和雪隐看笔录,没问题就签字。两人都没认真看就把字签了。

"没事了,谢谢配合。"

"社区禁赌宣传还做吗?"

"这是你们和社区之间的事情。"

来到小街上,老谢康骂了句狗日的,"要是被我抓住……"雪隐被一排石楠吸引,花像雪米一样大小,新叶鲜嫩绯红,雪隐悟道般感叹,它们才是时间的主人,时间一到就开花。老谢康报复泄愤的想法和他两个小时前的想法如出一辙,当它像接力棒似的交出去,他顿时觉得轻松了不少。"他们不会主动露面的。"雪隐暗想,但他不会告诉老谢康。"老伯好点了没有?我一会儿发个电影链接给你,无聊的时候看。"他说的是《荒蛮故事》,六个丧心病狂的故事。老谢康说:"下次演出时不用红墨水。""用什么?""猪血鸡血狗血,什么血都行,只要是真血就行。"

"狗血?"

两人笑了起来。

"这世上真是什么人都有。"

"是啊,你对猫再好,它到了阴间依然会说你的坏话。"

"有个导演准备让我去演电影里的乡村放映员。"

"哪个导演?"

"本地的,不是很出名。"

"他拍过哪些电影?"

"还没拍过,这是他的第一部电影。"

"我喜欢菲利浦演的艾佛特。"

雪隐说的是《天堂电影院》里的一个放映员。雪隐第一遍看完后放声大哭,以后每次看仍然眼含热泪。他已经看过五遍。老谢康也看过,他遗憾地说:

"戏不多,只有几场。"

"不要紧,慢慢来。"

雪隐意识到,这句"不要紧,慢慢来"不是很好,老谢康表面上轻描淡写,其实很在意。这平庸的安慰只会让老谢康失落,而不是真正的鼓励。

"剧本怎么样?"

"我觉得还行。"

"如果剧本一般,不要随便答应。"

老谢康看着虚空中某处:"我就是觉得一般,又不知道问题出在哪里。"

"这是编剧的事情。"

他们的谈话像轮毂旋转,大多没有意义。回到千翻剧场,雪隐叫老谢康去医院,他一个人在剧院发呆。当初竭力怂恿老谢康把房子装修整理成剧场的是另外一位朋友,他当时已经在四部电影里演过配角,不温不火,希望有电影角色可演时去演电影,平时和几个兄弟演话剧。"你们出多少我也出多少,平摊。"大家都觉得凭他的名气引流,维持剧场运转没问题。刚开始半年确实如此,几个人一起努力,不但撑了下来,还小有盈利。后来这位老兄演了一部火遍全国的电影,他就再没有精力和时间来剧场了。每个人都有私心,并且毫不避讳,老谢康希望依靠这位越来越火的哥们推荐,让他有机会进入电影圈,雪隐的目的则是保持状态,等待有朝一日去表演真正的话剧。还有一位当时对话剧和电影都感兴趣的同道,剧场冷清下来后没有耐心等下去,撤股去洪边门开了个餐馆。餐馆生意不错,他多次对雪隐和老谢康说:"我们是兄弟,随时来,把这里当成自家食堂,一点不要客气。"谢爸爸住院后,几个人已经在他的餐馆里聚了三次。如果千翻剧场出现亏损(房租收入早已出现亏损),雪隐准备入股餐馆,或者开一家分店。

智者不陷于覆巢,开馆子理应早点着手。看着空荡荡的座椅，雪隐下不了这个决心。换一个烧坏的射灯时，他脑子里冒出巴里斯和普特南的对白，它们像吹在脸上的风一样不知来处和去处，忽然间吹在心坎上，然后无影无踪，一点也不影响脑子里想别的事情。

巴里斯：我真是好心没好报啊，我现在整个儿完蛋了。

普特南：您没有完蛋，您应该自个儿抓住时机。别等别人来指控您，自个儿就先把这事宣布出去。

他告诉老谢康，他找到办法了。可将晕倒的观众作为戏剧的一部分。下次排练，让老谢康找个女朋友来客串一下。她"晕倒"后，雪隐解释这不是血，是道具。"晕倒"的观众站起来，抚着胸说：吓死宝宝了。

"带哪个呢？"

"随你。"

雪隐在回家路上，老谢康微信发来文字：我不喜欢解释，表演就是表演，我演故我在。

雪隐：解释是表演的一部分，是在戏内解释。

老谢康：我讨厌什么都要解释，这简直是一种恶俗。

雪隐：我们活在解释之中，至少现在如此。

老谢康：确实。

"老伯怎么样？"雪隐用这句来结束讨论。老谢康心知肚明似的回复："还行。"

走完南门桥，雪隐对去不去买瓜子犹豫起来。平时买瓜子都是从家里出来时顺道买，回家从没买过。这不是什么大事情，不是表演也无须解释。他想去看樱桃树，小小的犹豫顿时烟消云散。

樱桃树在南方生长速度极快，这株和雪隐脑袋般粗的樱桃树最多不过十五年树龄。樱桃正在由黄变红，由蜜蜡变成玛瑙。正在成熟，也正在失去。每一颗樱桃上都有米粒般大小的亮点，一种不怕被吃掉的天真。也有不少羞涩地躲在树叶后面，仿佛还没得到树神的批准不敢露面。外地游人大多好奇地东张西望，本地人则莫名其妙地行色匆匆。从翠微巷经甲秀楼再顺着河边走也能到家，平时不走这里不是嫌路远，而是嫌人太多。

鲜艳的樱桃让他感到放松，它们不需要解释，季节一到如实奉上。一个平常不大联系的朋友来电话，有人把女观众晕倒的视频发到了网上。问雪隐怎么回事。雪隐忙躲到墙脚，避开强光查看朋友发到微信上的链接。"血腥演出吓倒女观众"，评论区说什么的都有，有人借机大骂演艺界混乱，有人认为艺术就应该真实。雪隐问老谢康怎么办，老谢康看完后说不用管，等几天就过去了。

"我感觉举报我们的和发视频的是同一个人。"

"肯定是。"

"找人查一下？你认识的人多。"

"我试一下。"

雪隐删掉了链接，眼不见心不烦。删掉后干脆关机，以免其他人打电话询问。看到有人在河边放生，他才想起还没去给母亲扫墓。

清明节已经过去半个月，雪隐准备了一下，去周家山公墓为母亲扫墓。他不喜欢别人知道他姓杨，名叫杨光路。他上小学时，工程队招募技术人员，去沙特铺设电缆，父亲没回家商量就报了名。雪隐记得他和母亲争吵时强调工资高，比国内高三倍。母亲则说他逃避责任，雪隐当时听不懂。父亲打不起卫星电话，书信传递又慢。其间只写了一封信回来，信里说那里香蕉特别多，多到没人吃，只能摘来喂猪。几年后，父亲的同事陆续回来,父亲却杳无音信。他的同事说他有一天夜里离开工程队去外面,不知道是在沙漠里迷了路,还是去了别的地方。消息在学校传开后,喜欢开玩笑的同学编造谣言,说他父亲在沙漠深处挖宝。雪隐想起父亲唯一的来信最后落款只有一个字:杨。刚开始觉得父亲学外国人,渐渐觉得这是对他和母亲的冷落,越想越生气,这个"杨"字对他是一种羞辱,像一根无毒的牙签插在嘴唇上。从这时起他不愿别人知道他姓杨,和父亲那边的亲戚也不来往。改名雪隐,希望洁白的大雪覆盖住无边的大地,隐去他不想看到的一切。

墓前不能烧纸和点香点烛,只能在指定的地方烧。指定地方在大门后面的空地,离母亲的墓很远,并且朝向都不一样,母亲的墓地要爬到半山再转到西面才能看见。雪隐有点生气,却也无可奈何。他把香烛纸钱带回家,在厨房为母亲烧。烧纸时把母亲遗像立在餐桌上,母亲苦涩的表情让他的眼泪一下滚出来。遗像前面摆了一盘洗净的樱桃,这是母亲生前最喜欢吃的水果。熟透的樱桃闪烁着光阴之美,饱满而又低调,不喜欢吃水果的人也会怦然心动。

夜里下了一场大雨,整个城市笼罩在雨声中,这是一种宽宏大量的声音,雪隐睡得很踏实,连梦也没做。遗像前的樱桃仍然新鲜,但远不如昨天晶亮。他洗漱好后看了看樱桃,对着母亲的遗像说,妈妈,我把它们倒了哈。

南明河里的水比前一天浑浊,流速流量也更快更大,白鹤、杜鹃、点水雀比平时更容易捕食,浑水里的鱼虾没有因为浊水而惊慌,它们只是不知道自己的命运而已。白鹤捕到鱼虾后要么立即吃掉,要么一挫身起飞,去哺养它的幼崽,它们的巢在高高的槐树上。杜鹃和点水雀则飞到近处的水竹上。水竹栽在花盆里也就六七十厘米高,在河边疯长高达三四米,这让杜鹃和点水雀感觉特别安全。

春分之后翻水坝全部打开,以免洪水突然袭击。

市西河从雪涯桥下注入南明河,雪涯桥是一座漂亮的步行石拱桥,雪隐下意识地在桥上停留一会儿。这天他在桥上看着原贵阳一中后面的沙滩,如果三分钟内有白鹤落在上面,他就继续在千翻剧场演出;如果没有,那就去开餐馆。只过了三十多秒就飞来一只白鹤,雪隐心里欢喜着走向剧场。从雪涯桥到千翻剧场只要两分钟。

剧场门口有三个年轻人在等他。雪隐比看见白鹤还高兴，以为他们是他的粉丝。他们的表情有点惭愧，也有点不耐烦。其中一位从文件袋里拿出一堆票据请他过目。是那位被"血"吓晕的女观众的住院费、治疗费、营养费、陪护费及精神赔偿，共五万三千一百七十元。雪隐第一感觉是敲诈，第二感觉是承认对方缜密。他认出来了，其中一个是那位女观众的男朋友，他不说话，说话这位比他年纪稍长，理了个寸头，脖子上吊了块乌木雕刻的观音，自始至终保持微笑，让人不舒服的微笑。别人都是薄衫加外套，他只穿了件短袖。

"我是易娜的哥哥。"票据上的名字叫易娜。

"我现在哪有钱给你们。"雪隐说。

"没关系的杨老师，你只要承认就行，在这些票据上签个字，有了再给。你是艺术家，我们不会催你。"

居然彬彬有礼。让雪隐极不舒服的是他们连他姓杨都知道，那么，他们一定知道他原名叫杨光路。他在心里骂了一千个"操"。你不是白鹤，你是浑水里的鱼虾。

"有人把视频发到网上，是不是你？"

雪隐问易娜男朋友。

"什么视频?"

"还有人到派出所举报。"

"杨老师,我不知道你在说什么,当时手忙脚乱,哪有时间拍视频。"

雪隐给老谢康打电话,老谢康在电话里用贵阳话爆粗口,如果他在场,大有几拳把这三个人打背气从此不敢再上门的架势。"老雪隐,你狗日的不要签字,等我回来。"雪隐支支吾吾,不敢说他已经签了。他有点后悔,应该等老谢康回来商量,不应该一慌张就签字。

老谢康并没马上来,雪隐等了四十分钟后忍不住发微信:好久到?老谢康回,我爸今天查血。雪隐不但失望,还想起他看不惯老谢康生活中的几小点。他对父亲无微不至的关怀让他嫉妒,谢爸爸对剧场的投入让他惭愧。你不是浑水里的鱼虾,你是浑水里的田螺。不但没什么用处,还有点脏。他想到了血,自己身体里的血。继而觉得血还好,难过的是这副皮囊。仿佛他错过了什么,失去了什么,都是这副皮囊在拖后腿,跟不上他的想法。他渴望成功,却又觉得成功并不存在。他打开在翠微巷买来的瓜子,进来后放在桌子上生闷气,现在才想起来。瓜子的香味在口腔里弥漫开后,他感到一种解脱，乌木观音不再让他感觉难受。我今后要对老谢康好点，他是唯一能将就我缺点并认可我想法的人，他想。你不应该做鱼虾和田螺，你要做的是白鹤，永远要记住这一点。

老谢康到千翻剧场已是下午。"一堆杂事。"他说。得知雪隐已在票据上签字，他把夹在腋下的头盔往头上戴，中途取下拿在手里。"都没搞清楚你就签。算了，签就签了吧。签了不代表我会给。""谢老伯查血结果出来没？""转氨酶偏高。既然都举报了，还想来要钱，没门。""我问过，不是他们举报的。""他们的话你也信？""不是信不信的问题，是感觉，我感觉不是他们。""才住几天，哪里要得了这么大一笔钱。""都怪我。""怎么能怪你。该给的给，不该给的不给。他们下次再来，让我来招呼。除了杂七杂八，住院费多少钱？""八千多。""我中饭都还没吃，走，去吃碗牛肉粉。""你去吧，我不想吃。""一起去呀。""我哪里也不想去。""我打电话叫他们送。酸粉还是细粉。""都行。""什么都行，吃牛肉粉必须酸粉。""好吧。"

雪隐确实不觉得饿，可牛肉粉送来后吃得一点不剩。和老谢康有一搭没一搭地聊天，句子中间被吃米粉的吸溜声填满。"我想通了,即便不演戏,去开馆子,开理发店,同样会遇到麻烦。"老谢康想吃酸粉,店家说酸粉卖完了,只有细粉。"这粉真难吃。"老谢康只吃了一半,但他很快嘿嘿笑起来。"我爸说他吃过雪花膏炒莲花白。"雪隐认为自己能吃完是出于对食物的尊重,从不挑食。他比老谢康吃得快。老谢康喝了一口汤,接着说:"我爸和两个朋友去看胡伯伯,张孃孃不在家,胡伯伯没炒过菜,把雪花膏当猪油,炒莲花白给他们吃。我爸和两个朋友假装不知道,照样吃,照样用雪花膏炒莲花白下酒,照样聊得开心。""就一个菜呀。""还有带壳花生。胡伯伯画公鸡画得特别好,我爸收藏过十多幅。""这次,怕又得靠谢老伯啰。"老谢康把吃到一半的米粉吐出来:"真他妈难吃。"雪隐揽过他没吃完的饭盒丢垃圾桶。垃圾桶里跳出一只老鼠,很突然,雪隐本能地缩了一下手,不缩这一下,老鼠非碰到他的手不可。老谢康没看到老鼠,他在看手机。雪隐犹豫了一会儿,鼓起勇气说:"我想不出别的办法了,能不能再卖张老爷子的字画?"老谢康没听,继续滑手机,脸上的表情也没变。滑了一会儿拿起桌子上的头盔,对雪隐说:

"走。"

"去哪里？"

"去了你就知道了。"

老谢康骑车一向很快，今天更快，从文化路到醒狮路七百米，只用了三分钟，包括等红绿灯。谢爸爸住醒狮路18号小区。老谢康把摩托停在孔祥礼素粉店堡坎下面。花台里有棵傻里傻气的芭蕉芋，巨大的叶子足可当太阳伞，颜色虽然土，如果顶在年轻姑娘头上别有风味。

平时急需用钱就卖画，老谢康办好流程把钱打到卡上就行。雪隐不知道行情，也不知道老谢康卖掉什么画，卖给什么人。看到芭蕉芋，他在心头默想："难道叫我去卖？"

谢爸爸的房子不大，两室一厅，老谢康偶尔回来住。书画在谢爸爸卧室。老谢康领雪隐进去，指着靠墙码上去的箱子说，只有上面这两排还有，下面几排全是空箱子。老谢康把最上面两排搬下来放在床上，然后打开叫雪隐看。雪隐觉得没必要看，老谢康的语气和脸色告诉他，不看不行。看过一排空箱子后，老谢康重新把箱子码好。

"老雪隐，我宁愿把千翻剧场卖掉也不能卖画，我再也不能卖我爸的画了。"

老谢康颓唐地坐在床上。

"我对不起我爸。"

"还有我。"雪隐说。

"和你无关。我买摩托，买道具，装逼，都是出画得来的钱。"

墙上有一幅装框竹石图。雪隐不懂画，为了不看老谢康的脸，不接他的话，他怕他哭。第一次认真看画。他不知道画好在哪里，只觉得越看越有味道，尤其是竹叶，粗看只觉得生动，细看每一片叶子都不同，笔笔劲爽。题款经过反复辨识才把所有字读出来：曾于上海豫园中见之，今戏写此，凤阳白云。画家当时心情一定很好吧。可那块石头单看不像一块小石头，像挺拔的孤峰，有种仙气，同时却又磊落坦荡，遗世而独立。要是有人坐在上面弹琴，山下生灵听见都会竖起耳朵吧。

"我爸耗尽一生心血的收藏，被我出脱大半。他要是知道，非气死不可。"

那些箱子全都上了锁，老谢康用一根牙签就捅开了，日防夜防，家贼难防。

"这幅画值钱不?"

"废话。这是我爸最喜欢的画家。"

老谢康把雪隐带到自己房间,书桌上有画毡、毛笔、砚台、画册。一看就知道老谢康很久没碰它们。他从床下拖出一堆画稿,苦笑道:"其实还是有灵气的,可我就是不喜欢。"雪隐不知道他有没有灵气,只知道老谢康满怀内疚。

谢爸爸少年时拜师学画,这位师父是文职军人,少将军衔。谢爸爸十七岁时,师父去了香港,继而去了台湾。师父离开时把带不走的画送给他,他因此受牵连,从贵大采矿系毕业后到钢厂当工人,四十岁还没人敢嫁给他。他自称谢灵运后人,对谢灵运推崇备至,能背诵谢诗八十余首,任何场合都能做到信手拈来。当工人后不再画画,但他喜欢和书画家交往。二十世纪五六十年代,收藏书画很容易,给他们写封信,表达敬仰之情,顺便索画,信里附上回函邮票,多数画家会把画寄来。老谢康出生后,他给他取名谢康乐,用谢灵运别名,希望儿子健康快乐,平时叫他乐乐。老来得子,谢爸爸对儿子的教育很用心,从小就教他写字画画,给他找贵阳最好的老师。老谢康从小就不喜欢书画,好动,坐上两分钟就开始扭屁股,不是要喝水就是要屙尿。有一次他居然说他头晕。在大人眼里,一个八九岁的孩子不可能知道什么叫头晕。可那副煞有介事的样子让人疑惑,好像真是头晕。每次苦口婆心威逼利诱,终于答应坐下来,往往还没好好画几笔,脸上手上尽是墨。砚台不被他打翻两次绝不收工。不喜欢照着《芥子园画谱》画,喜欢直接在书上面画汽车、画枪。汽车和枪是他自己命名的,别人看不出来。进入叛逆期,不光学习书画,在所有事情上都和父亲对着干,连叫他乐乐都不高兴,擅自改名谢康,把"乐"字去掉。"乐个啥,我一点也不快乐。"雪隐第一次叫他老谢康,他高兴得叭叭叭拍桌子,"太好了太好了,还是你懂我",从此视雪隐为知己。

"等我爸出院,我要重新开始学习书画。"

"你不是要去演放映员吗?"

"切,不知道哪年哪月开机。"

"真的要把千翻剧场卖掉吗?"

老谢康答非所问:"走,去吃个烤脑花,脑子不够用,吃个脑花补一下。"

雪隐想告诉他,烤脑花烤的是猪脑,猪那么笨,哪里能补。话到嘴边咽了下去。即便烤人脑，把最聪明的人的脑花烤来吃也没用吧，人不是吃脑花变聪明的，是吃亏变聪明的。烤脑花是文化路有名的路边摊。文化路不见得有文化人，吃烤脑花根本就不是为了补脑。

天黑后出摊，来吃的人不多。老板娘不急，她知道还要过两个小时，那些不是为了补脑，纯粹为了寻味的年轻人才会来到银杏树下，喝啤酒吃脑花。

老谢康买了一盒豆腐圆子、四个清明粑，还想喝奶茶。

老谢康去买奶茶，雪隐无聊地摸出手机。他点开微信看了一会儿退出来才发现有条未读短信，自从有了微信，用短信联系的人越来越少，多是广告，或银行卡信息。他有短信洁癖，看见广告一律加入黑名单。看到短信内容，牙缝里渗出一股咸甜味。就像独自走在陌生的街头，肩膀突然被拍了一下。确实是熟人，但从没喜欢过的那种。他看了两遍：

"想知道是谁举报的吗？明天十点去南门桥，我会告诉你。"

他的第一个冲动是告诉老谢康，明天一起去。老谢康拎着奶茶回来，抱怨道：不晓得人怎么那么多。雪隐按了下来，决定不告诉老谢康。短信已经发来几个小时，他没注意，估计传来时正在老谢康的摩托上。平时听见叮的一声都要点开看看。

烤脑花端上来，包在两片莲花白叶子里，多汁的脑花上面撒了切碎的葱花、折耳根、煳辣椒。周边烤得焦黄，中间像油煎豆腐，被薄薄的筋膜分割包裹镶嵌。有股腥味。老谢康尝了一口，回头向老板娘竖大拇指：老板娘，烤得好。雪隐没有觉得特别好，但可以吃。有人说他，把抹桌布油煎一下他都吃得下去。他确实对吃什么不敏感。记不住吃过的东西，也忘了难吃的东西。无论在哪里吃饭，他只吃离他最近的菜。不吃离他远的菜不是出于礼貌，而是嫌麻烦。

"我有个想法。"

"你说。"

"剧场平时可以办少儿书画培训，演出尽量安排在晚上。"

"这个想法好。"

雪隐看出来了，老谢康没听进去。雪隐吃了两个清明粑，老谢康叫他把另外两个也吃了，他不想吃，他还要一个烤脑花，太好吃了，必须再吃一个。

"你要不要也来一个?"

"不要。"

老谢康满足地笑着说:"老板娘,再烤一个脑花,多放点辣椒,不要折耳根。"

雪隐做梦时,梦见一个似曾相识却又说不出名字的人说,我不吃花椒麻不到我。雪隐在梦里嘿嘿笑,醒来,觉得这就是叫他去南门桥见面的人。那人在他梦里说了一句:"深院落花无客扫,空门掩月有谁敲。"这是什么意思,接头暗号?在梦里反复背了几遍,以免忘记,醒来后赶快记在微信笔记里。

在家里坐不住,离约定的时间又还早,磨磨蹭蹭到楼下吃了碗豆花面。豆花太嫩,像豆腐脑,他不觉得好吃。油辣椒不错。自助区有青辣椒拌洋葱、酸莲花白、炒黄豆,每种都来点。他不光味盲,还是个杂粮口袋,什么都可以装,肠胃从不提反对意见。

没买瓜子,在街上嗑瓜子毕竟不雅。

准时走上南门桥,没有人等他,往来路人没有一个停下。雪隐刚开始还有点紧张,站了一会儿没人搭理,顿时放松下来。他正准备用短信打招呼:我到了。对方信息先跳出来:

"很准时,这很好。你往南明河上游看,把你看见的东西告诉我。"

你自己不会看吗?雪隐嘟囔。

雪隐首先看见的是民族文化宫和远处一幢没完工的高楼。然后是河中倒影,倒影是箭道街建筑。河堤栈道蜿蜒而来,河面波光粼粼。

雪隐问:加微信,我发照片给你好吗?

对方秒回:不,我要你用文字告诉我。

雪隐有点不爽。他看了看北岸,看见一排郁郁葱葱的樟树。还看见几个大字:阳明古玩城。大字下面是传统宫殿翘檐式建筑。这里有个古玩城,雪隐第一次知道。从河堤上走过,也从古玩城旁边的巷子里走过,但从没注意过它。人不但有选择性记忆,还有选择性观察。何况多数时候只观不察。这不是对方想知道的吧。他带着敷衍回复:

"我看到民族文化宫和古玩城。"

"我要你看河里面。"

"河里面只有水。"

"只有水?"

"还有水草。"

"好吧,你再看下游。"

他第一眼看见的是排队等红灯的车辆。它们向北通过大南门的红绿灯。雪隐面前的车辆向南朝纪念塔方向,中间没有红绿灯也没有人行横道,溜得很快。

下游不远处是甲秀楼。建在河中,三层三檐,比现代建筑矮得多。但没有人去看现代建筑,一到南门桥,眼睛就会被古楼秀气的身姿吸引。沿甲秀楼上来,南岸是翠微巷,北岸是电网公司的房子和街心花园。雪隐不耐烦地回了三个字:

"甲秀楼。"

对方回:"你让我失望。"

雪隐转发微信笔记里的句子:"深院落花无客扫,空门掩月有谁敲。"

"我要你告诉我,你想起了什么。"

"你是谁?"

"我是我。"

雪隐有点恼火。很想回一句:去你妈的。忍住了。对方又来:

"我是我,你是你吗?"

雪隐不回答。

"你看见南明河了吗?"

雪隐还是不回答。当然看见了,但这用得着问吗?

"你不要不耐烦,告诉你吧,我就是举报你们的人。但这是有原因的,我必须找到我想要的东西。现在你在明处,我在暗处,所以你得听我的。"

"你在监视我?"

"我在看着你。"

雪隐恨不得把手机丢到河里去,甚至自己也跳下去。纵身一跃并不能刷新归零,何况他擅长戏水,跳下去淹不死,反倒平添笑话。

炒瓜子的老板娘从身旁路过,关切地问他是不是病了。雪隐难为情地摇了摇头。他从没在瓜子店之外见过她。她比在店里面显得年轻,身材微胖,雪隐有几分感动,但尽量不表露出来。

"如果你什么也想不起来,只好请你去下一个地方。"

"那个地方离你家不远,只是你很少朝那边走。"

"嘉润路有个街心花园,你去过吗?"

"你去吧,街心花园中间有个牌坊。你去看看那个牌坊。"

雪隐一个字没回。他确实没去过，从那条公路出去，不到一公里就出城，是前往都匀和凯里，以及湖南、广西最近的公路。仿佛只要走上那条路，你不一会儿就能听见侗族、苗族嘹亮的歌声，还能闻到他们煮酸汤鱼的气味。雪隐很少离开贵阳，偶尔出差乘高铁或飞机都不从那个方向走，朝那个方向走的人大多自己开车。他不会开车，也没打算学开车。

颇感别扭，但他还是去了。

果然有一个牌坊。"高张氏节孝坊"几个字很清晰，走到假山附近就认出来。

什么意思？指责我不孝？瞬间想到了父亲，他的形象早已朦胧，只有血脉还在奔腾。虽然被指责，心还是一阵狂跳。原以为不想他了，其实从没放下。真希望藏在暗处的人是父亲。

斑驳的石头，模糊的字迹。一种古意扑面而来。

广东广州知府高廷瑶之文童高以愚之妻

这句话刻在横坊条石上，从"之"与"文"间断开。

雕花很好看，却不知道它们是什么花，有何寓意。

看了一阵后回家，没有新短信来。浏览器上输入"高廷瑶"，得知是贵阳人，乾隆年间举人，"政声颇著，所到之处，吏畏民怀"。高以愚是他儿子，张氏嫁过来没多久，高以愚死了，张氏侍奉公婆终身未再嫁。雪隐觉得这是一种戕害，是一种摧残，不值得赞扬。当问他看到什么的短信息飞过来时，他回答：我看到了愚蠢。

对方没有往这个方向回复。

"看来你真的是忘记了，你在牌坊下面吃过饭。"

"怎么可能！"

雪隐感觉到身后一双锐利冷酷的眼睛，同时感觉浑身疲软，锐利眼睛像鱼鳞一样在空中旋转，躲是躲不开的，得用手去抓。他进屋后立即换衣服才好受了一点。本应给自己下碗面，或者叫个外卖，但一点胃口也没有。说他在牌坊下吃过饭，这是诬蔑，是羞辱。真在牌坊下吃饭也不是了不得的事情，他却感到小小的恐惧。这人语气肯定，洞悉一切。雪隐躺在沙发上，后背不空，心里踏实了一些。他在浏览器里输入：高张氏节孝坊。大出预料，不但有文章，还有视频。第一篇提到的内容，看完后身体没任何反应：

高张氏节孝坊位于贵阳嘉润路附近。该牌坊始建于道光二十一年（1841年），次年竣工。三间四柱石结构，高八米、宽九米，正面朝北。部分字迹已经模糊不清。据居住在附近的老人介绍，这里原有六座牌坊，皆因各种原因被拆除，剩下这一座也因缺乏保护而日渐破败。

还说高家是当年贵阳世家大族，当时有三家，华家的银子，唐家的顶子，高家的谷子。

第二篇大不相同，全身不是发凉，而是发热：

嘉润路南岳巷棚户区改造时发现一座道光年间牌坊，房屋拆开后，牌坊裸露在废墟上。南岳路改造前，牌坊隐藏在民房里面。红砖房利用牌坊石柱，以砖封堵后，牌坊失去原貌，住里面的人把石柱当房柱，石柱与红砖之间缝隙打上钉子，牵上铁线，在铁丝上挂铁锅、腊肉、菜板、筲箕、锅铲、筷筒，或者衣服、帽子、挎包、雨伞。

在牌坊下面吃饭不可能，在砖房里吃饭则是另外一回事。

这暗示了他曾去过某个人的家，并在那里吃过饭。

睡着的人被惊醒后思维变得跌跌撞撞。雪隐问老谢康，有没有认识的什么人住在南岳巷。老谢康反问南岳巷在哪里。他又给关系比较近的几个人打电话，只有一个人说认识住在南岳巷的人，名字和身份说出来后，雪隐却又不认识。然后随机从通信录上拎个人出来打听，不常联系者得先寒暄一番，不得不一起回忆以往的某件事，雪隐有点急躁，有点不耐烦，人家却好奇心爆棚，追问他是不是要在南岳巷买房，新楼盘位置不错，就是太贵。有人怀疑他的女友被南岳巷的某个人抢走，劝他不要冲动，好聚好散，重新找个合适的。中间有人说起一个他们互相认识的人住南岳巷，聊到最后才发现这人不是住在南岳巷，而是南岳新村，并且两年前才搬进去。雪隐要找的人是五年前住在南岳巷的人，南岳巷改造前，住牌坊下面的某个人。

不知不觉已到晚上，他仍然没胃口。打开电脑，希望利用网络寻找蛛丝马迹。多是介绍高张氏节孝坊的规制和拆迁过程中的惊喜。网络是一条泥沙俱下浩荡宽阔的大河，雪隐像钓鱼一样以"南岳巷""高张氏节孝坊""住在牌坊里的人""嘉润路"为诱饵，但他没有钓到他想要的那条鱼。

南岳巷和嘉润路于2018年5月开始改造，改造结束后宽阔的道路叫花冠路，南岳巷和嘉润路各剩下一小段，并且各在一边，像两节切剩下的香肠。

"想起来了吗？"

雪隐气急败坏回拨过去，对方不接，直接摁掉。雪隐一连打了十次，对方把他拉进了黑名单，"你拨打的电话正在通话中"。

他心里的阴影变成一块生锈的铁，无论身体动还是心里动，铁锈都会簌簌掉落，想要折断它切掉它却又绝无可能。

半夜了，雪隐下楼，穿过纪念塔地下通道，从市南路到粑粑街，七分钟后，再次来到高张氏节孝坊。南岳巷改造后面目全非，但牌坊仍在原地。假山和花草树木代替了棚屋，曲径和青石阶代替了巷子和楼道。

即便站在牌坊下也想象不出当初房屋的形状和朝向，雪隐对这一带本来就不熟，为此既感到委屈，也有点沮丧。牌坊在夜里比白天高大，这是街灯的缘故。牌坊立起之初，这里应该有高家大片田产，即使不远处有人家，也没人想到有朝一日会被房屋包裹，依牌坊而住的居然有七家人。这种包裹是最好的保护，让它躲过了被拆毁的命运。离此处不到一公里的油榨街曾经有二十多座牌坊，如今只能在十九世纪一位法国传教士拍摄的照片里见到它们。

一只长着燕尾的大蚕蛾撞在雪隐脸上。深夜湿气重，大蚕蛾像醉汉一样跌跌撞撞。雪隐小时候听说，将蛾子鳞粉吸进鼻腔会变成"齆鼻子"，鳞粉可融掉鼻腔里的毛细血管，让鼻腔变空变大，说起话来瓮声瓮气。虽是没有根据的说法，他还是急忙找纸巾擦脸，哪知根本没带纸巾，只好用衣服下摆擦。由于用力过猛，把脸擦痛了。看到公厕指示牌，沿箭头所指走进去，在洗手池把整张脸洗了一遍。

洗手时想起一个人，他每次洗手都要认真洗指甲缝，他叫范与孟，怕别人闻到他手上的鱼腥味。他家住南岳巷。他们没叫他老范与或者老范与孟，因为不是一个圈子里的人。初中毕业后再没见过。走到楼下，雪隐把想好的句子简化，只回了一句：

"你是范与孟。"

进屋后他把手机丢到一边，倒下便睡。梦很乱，范与孟一会儿变成老人，一会儿变成从沙漠里回来的父亲，一会儿变成看不清面相、似曾相识却又不知他到底是谁的半陌生人。最累的是用手机回短信，看不清屏幕上的字，被一层淡淡的白光覆盖；输入键不听使唤，本意按C偏偏跳出V，再按什么字也没有，像在沙地里跑步，再怎么努力速度也上不去，不但累，还很沮丧。他想问范与孟，他什么时候在他家吃过饭。真吃过，他愿意十倍百倍偿还。范与孟的形象很模糊，似乎是个死人。雪隐说对不起，我不知道你死了。我给你烧点纸吧。

醒来后想起，确实在他家吃过饭。那是初中二年级暑假，当时和妈妈住在蓑草路，不想做暑假作业，从家里溜出来，像一条无所事事，对什么都有兴趣，却又不想惹是生非的小狗。蓑草路与南岳巷之间隔着嘉润路，不知不觉走到南岳巷入口，这是一条庞杂的小巷，门面低矮，而门前全都支着小摊。巷子不但狭窄，还曲折，还有坡，拐弯时斜向一边，盯着路面看会发晕。支在门板上的小摊须以砖头找平，也因此摇摇欲坠，故意等着有人来碰垮它们似的。剩下的路心只容小车经过。贸然进来的司机不冒出一身大汗休想开出去。杨光路（那时还不叫雪隐）正犹豫要不要离开，范与孟叫他，他这才看见范与孟在帮他妈卖凉虾。一种将大米做成虾状，漂浮在白糖水里的小吃。范与孟妈妈给他舀了一碗，他跑开了。他没带钱。遮阳伞撑杆上挂着一块纸板：孟孃秘制凉虾。范与孟追上来，热情地邀他去家里打游戏。这比叫他吃东西诱惑更大。玩了半天游戏，还留下吃了饭才回家。

难道我忘记这顿饭你就要举报我？就要和我过不去？难道他真的死了？死人会用手机吗？

雪隐带着不屑自负地给范与孟发短信：范与孟，我想起来了，的确吃过你家的饭，你算一下，这顿饭多少钱，我十倍还你。

范与孟回复：你心胸怎么如此狭窄？我会为了一顿饭耿耿于怀？你错了！你在我家吃饭，我一直很感激，在那间破房子里，你是唯一愿意和我一起玩的人。

雪隐还没想好说什么，对方第二条短信又飞过来，速度之快，像与此同时射出两颗子弹：如果是为了一顿饭，我叫你去南门桥干什么？叫你去看水吗？我看你是脑子进水了，你也不好好想想！

后面跟了八个感叹号，像八个被激怒的士兵。

雪隐想象在某间没拉开窗帘的房间里，范与孟暴跳如雷。

和面对面清楚看见表情不同,从手机里飞来的短信,对人情绪的影响要慢一些。也恰如被子弹击中的人,首先感到惊讶,然后才是疼痛。雪隐从不用感叹号,这八个感叹号让他感到不适。他说:

"你有什么话直接说呀,何必转弯抹角。"

范与孟说:"我这是在向你学习。"

雪隐:"莫名其妙。"

他意识到对方很生气,自己心态要平和些。他补了一句:

"关系再不好,毕竟是同学呀。"

"同学。"

"同学"二字后面跟了一个飙泪的表情包。雪隐原以为微信才有表情包,不知道短信也有。

雪隐不仅感受到内心一片荒芜,还看到自己被推上拳击台,要他和一位私下有过节的拳击手过招,不是要把对方打败,而是要把对方打痛,他同时还身兼观众和评论员。在舞台上,他同时扮演过多个角色,在现实生活中还是第一次。

"大雪可以隐去一切,但这是暂时的,你这个名字并不好,我还是喜欢叫你杨光路。铺满阳光的小路,坦荡干净。"

这话让雪隐特别生气,他把对方拉黑,不想再看到他的短信。拉黑后拨拉手机,发现短信仍然可以飞进黑名单,只是不显示而已。他以为通信公司只能做到让你眼不见心不烦,并没在你手机派驻警察,把不想见的信息彻底消灭掉。其实有一个"疑似诈骗"和"骚扰电话"功能,他没注意到。黑名单里的范与孟有两条特别重要的信息:

"我不过是想让你们尝尝被检举的滋味。"

"你演《赌徒的忏悔》时我去了,我给老谢康发过信息,真打算赞助你们一笔钱,让你们做自己喜欢的事情。现在,我有点失望。"

范与孟就是那个神秘的赞助商。

雪隐第一个念头是把范与孟从黑名单里放出来,回一句再拉黑:不要你的臭钱,不稀罕。

那个神秘的赞助人,他一度以为是和他同居过的女友,她离开时说:"放心啦,从此我们两不相欠。"她出手大方,喜欢帮助弱者。而内心,他更希望是不负责任的父亲。后一种希望极其渺茫,愿望在他却无比强烈。范与孟出乎他的预料,也让他很不舒服。

他把手机放家里,准备再去南明河边走走,看能否想起什么。走到街边感觉有点饿,想吃碗面,不得不倒回去拿手机。已有好几年没用现金,对五元十元二十元面值的钱尤其陌生。小时候,母亲给他准备了一个存钱罐。母亲去世后,存钱罐不知去向。而他对硬币和角票特别厌恶,不是它们买不了什么东西,而是它们总是脏兮兮的,很难有干净的硬币和角票。

拿手机之前想吃湖南面,重新来到街上后决定去尝下螺蛳粉。听人说特别臭,喜欢的喜欢得不得了,不喜欢的闻一下都要赶紧捂鼻子和嘴。只加汤不加螺蛳十元,加螺蛳肉十五。雪隐没犹豫,既然是尝试,就得连螺蛳肉一起吃。没觉得特别臭,也不觉得特别香。他不怪螺蛳粉,一如既往地怪自己味觉单调。吃之前脑子有点晕有点涨,吃完后顿时好了许多。原来胃也是脑子的部分,它们至少相连,在主人不知情的情况下发挥作用。过人行道时,一个擦肩而过的中年妇女回头瞪了他一眼,厌恶地连连摇头。雪隐双手捂鼻子和嘴,吸进自己呼出的气体,仍然没闻出多少臭味,远不如偶尔吃大蒜导致的口臭。

走到翠微巷,特地买了半斤原味瓜子。收了几张广告单折叠成貔貅袋,坐在河边慢慢吃。两岸都有钓鱼的人,他们不苟言笑,表情像岸上的石头,麻木中透着坚定,仿佛如此一来,鱼更容易上钩。鱼被钓起来投进水桶才开始笑,笑容像婴儿得到想要的东西,特别单纯。

雪隐发现瓜子比平时更香,肯定不是瓜子比平时炒得好,而是吃了螺蛳粉。意识到这点,独自笑起来,也笑得单纯。

因为单纯,心也松开了。他给范与孟发了条短信:我在南门桥。

范与孟:谢谢。

河里有大鱼,雪隐见过。被钓起来的却多是小鱼。这没给雪隐任何启发,只感觉心里空空荡荡,没有东西能进来,也没有东西能出去,自由进出的只有瓜子的香味。香味越飘越远,像灵魂出窍,嗑瓜子的只是一副躯壳,甚至一台机器。

出窍的灵魂不像无人机那样高高在上,它对空间没有需求,凡是它想去的地方它都能去。不过,下一代无人机也许能做到这一点。

南门桥又叫南明桥。1644年,朱由检煤山上吊,清军攻入山海关,南方诸王相继登基,其中势力最大存在最久的是桂王朱由榔,这是"南明"一词的来源。一个没得到正史承认的王朝,一个茫然如丧家犬的皇帝,帝位没能保住,却留下几十个与之有关的地名,永历乡永历村,南明区南明河南明塘南明山南明路,皇帝坡骑龙村,有公司叫由榔府城建设有限公司。足见皇权有多么深入人心。最搞笑的是,朱由榔将安隆千户所作为行都时,将安隆改名安龙,清军攻克安龙后立即将安龙改名安笼。至民国十一年,政府将安笼县改叫安龙县。改隆为龙没能让朱由榔成为真龙天子,改龙为笼也没能笼住什么。就像南明河里的水,不但从未倒流,也不可能停止哪怕一秒。这是一种诚实,也是一种公平。

雪隐又给范与孟发了条短信:我不知道何时何事伤害了你,请直说。

范与孟:你会想起来的。

雪隐:我确实想起来了,但我不知道怎么就伤害了你。

有人钓起一条大鱼。说大鱼是相对南明河而言。钓鱼的人说,他好久没钓到这么大的鱼了。一条背脊发黄的鲤鱼,有成人的小臂那么长。这条大鱼让雪隐想起暑假里的一个深夜,他来到南明河。白天在网吧打游戏回家太晚，被妈妈揍了一顿，还不准他进屋。他并不害怕，也没多少内疚，只觉得妈妈有点烦。他不知道他刚下楼，妈妈就出来找他，她哪敢真把他关在门外，不过是一时使气。找到天亮没找到，累倒在马路边。雪隐得知这一切后再也没进过网吧。这也是他忘了那天晚上在河边看到范与孟的原因。

他看见范与孟和父亲用渔网捞鱼。有关部门为了改善南明河水质，往河里投放了一百多吨鱼苗。这些苗并不小，最大的有半斤重，小的也有二三两。范与孟没料到雪隐会出现。

"半夜三更的，哈，像个夜游神。"

雪隐心情不好，没心思开玩笑。

范与孟叮嘱他不要把看见的说出去。雪隐作了保证，在不远处的石头椅子上睡了一觉。三天后开学，遇到老谢康，他没能忍住，把河边的故事讲给老谢康听，并叮嘱他不要告诉其他人。

他真诚地给范与孟发了条短信：我确实没能保守住秘密，但我只告诉老谢康一个人。

范与孟：如果这么简单，我不会叫你看了南明河后再去看牌坊。你问问老谢康，问问他爸，他们干了什么。

雪隐说谢爸爸病重住院，随时有可能不治。

范与孟沉默片刻，叫雪隐加他微信，他语音讲给他听。雪隐将装满瓜子壳的貔貅袋放进垃圾桶，从石椅起身时的念头是袋子离手就加范与孟的微信。垃圾桶腾起的一只苍蝇改变了他的念头。这非关苍蝇，而是他性格中的犹豫不决和小聪明。讲给老谢康听，除了传播隐私的毒性诱惑，还有对捕鱼本身的反对。这是用来治理水质的鱼，不应该捕呀。这团正气并不大，但它能让小小的毒瞬间膨胀。有了正义在身，讲给老谢康听时还顺带嘲笑了一下范与孟的窘态。盗取公共财产没有偷个人财产那么可耻，但毕竟是偷，不可能感到光彩。他叮嘱老谢康不要外传，这当然是不可能的。很快，全班同学都知道范与孟半夜偷鱼。打跳扯笑时会隐喻性地来上一句：卖鱼喽卖鱼喽。一边没心没肺地哈哈大笑，一边看范与孟的反应。

雪隐给老谢康打了个电话，问谢爸爸如何。老谢康说没好转也没恶化。谢爸爸即使没住院，雪隐也不可能问他对范与孟做过什么。加上范与孟微信后，关闭所有铃声，把手机放兜里，他不想现在就听范与孟说话。

南门桥与甲秀楼之间有个翻水坝,范与孟和他父亲当时在离翻水坝不到十米的地方捕鱼,这里水深,受惊吓的鱼喜欢往深水里躲藏,这恰恰是致命的陷阱,范与孟的父亲撒一次网就能捞起几十条。

雪隐当时有点同情被网打上来的鱼,现在则感觉身体里有一条非物质没有形象的鱼。这条鱼和范家父子无关,是生活的网让他挣扎,让他无所适从,有时感觉一定能冲破这张网,有时觉得永无可能。想把这条鱼拿出来丢到某条河里去,他知道,自己所能做到的不过是把身体丢进眼前这条河,身体里那条鱼不受影响。他出生时又嫩又白,和母亲认识的人都想抱他。母亲充满怜爱地说,真想把他蘸煳辣椒吃掉。他模糊记得,妈妈摸着他的头发落泪时告诉他,要做一个好人。他没想过何谓好人,现在范与孟告诉他,他算不上好人。

范与孟从微信里传来三十七条语音。雪隐第一感觉是陌生,声音和语调都不熟悉。听了几条后,才为没有变声之前的少年和微信里的声音找到共同点:声带振动时不那么连贯,似有积碳的汽缸。这种声音具有一种权威性,仿佛每一句话都经过深思熟虑。

事情并不繁杂。老谢康听了雪隐的话,回家后告诉父亲,谢爸爸当时在贵钢后勤科当科长,他发现最近食堂采购员买回来的鱼不如平时新鲜,报价却一样。暗中调查后发现他买的是环卫鱼。为了惩罚采购员,把卖鱼的人一起举报,范与孟的父亲被罚款一万元。

"你知道一万元是什么概念吗?是我父母半年的收入。你父母都有工作,永远不知道打零工为生的人有多难。我妈在南岳巷卖凉虾,一碗才赚两角钱。遇到城管出击,还会连本钱都收不回来。"

"我知道打环卫鱼不对,但是,投入进去的不是几十斤,是几十万斤。我们捞起来的不到千分之一,这对南明河的生态治理有影响吗?"

"你也许会说,如果人人都去捞呢?哪有人人都去做同一件事情的事情。毕竟不是家家都像我家一样穷啊。"

"我爸交完罚款,我妈想去跳河。半夜里听到她的哭声,我就想宰了你们。我爸求了十一个亲戚才把罚款凑齐。"

听完了,雪隐不知说什么好。回家时看见路边一丛茂盛的水鬼蕉,白色花瓣又细又长,向下垂悬,像大蜘蛛的长腿。他并不知道它叫水鬼蕉,用相关App识别后才知道。叶子像豆豉草，比豆豉草肥厚，App上说它又叫蜘蛛兰却与兰无关，是一种石蒜。水鬼蕉没给他任何启发，他喜欢它开出的白花。像傻子一样看了很久，有种莫名的轻松。

老谢康在电话里告诉他，赞助费已到账。与老谢康抑制不住激动相反，雪隐像死水一样平静。

"你猜有多少，我保证你猜不到。"

雪隐特别讨厌"猜"这个字，这个字比"操"差多了。前者像一堆屎，后者像一把刀。为了浇灭老谢康的兴奋，雪隐问了一句：谢老伯好点了吗？这话今天问过第二遍。老谢康立即意识到雪隐的冷淡。"老雪隐，你怎么了？""没怎么。"老谢康无趣地挂掉电话。雪隐不用猜也知道他骂了句狗日的。

谢爸爸大半生受到排挤，临退休才当了个小科长。他非常认真，认真到不近人情却以为这是对单位好。"单位"在他心目中超过了组成单位的具体的人。他的正义和公平是作为科长的正义和公平。对于下属的抱怨，他理解为人性的自私自利。没当科长时，他能一针见血地指出时任科长的问题所在，透彻、风趣。这让后勤科大多数人以为让他当科长一定比其他科长强，哪知他真当上科长后,工作方法和处事能力远不如前面几任。众人私下哀叹,不能让上了年纪的人掌权,尤其是从没掌过权的人。

谢爸爸只当了两年科长,在众人的挟恨声中提前一年退休,退休后用了六七年才调整好心态,老同事说他只有脱掉科长的皮才是一个好玩的人。他有一天把儿子叫到卧室,指着自己收藏的字画说,当什么都可以,就是不要当官,这些收藏够你吃一辈子。直到躺在病床上,他也不知道"吃一辈子"是个数学概念,与经济学无关。数学概念只包括吃好穿好,不包括性情,不包括欲望,不包括市场行情,也不包括独生子的任性。

雪隐给范与孟回了一句话:我听完了。

范与孟回:我也说完了,再也不说了,保重。

雪隐:你父母还好吧?

范与孟:还行。

雪隐:我想去看看他们,当面向他们道歉。

范与孟回了一个抱拳的表情。雪隐想了一会儿,带什么礼物合适。买箱牛奶有点低端,关键是,他不想拎一堆便宜东西。路过气象局,看见有人卖"竹夫人",长短大小不一的长条形的竹抱枕,说是夏天抱着睡觉凉爽。也不贵,就买这个?这时范与孟来电话,叫他"光路"。

"光路,我想请你来我这里一趟,有东西想给你看。"

"我想先去见你父母。"

"他们不在贵阳,老家有人办酒,他们吃酒去了。"

不太想见范与孟,却又找不到理由拒绝。

"来吧,我在天逸城,离你不远。"

确实不远,从石岭街到天逸城两三百米。雪隐不想立即就去,他买了一个"竹夫人",像捕鱼的竹篓,无口,镂空编织六边形透气孔很漂亮,青篾片有股竹香味。想到自己还没结婚却有一个"夫人",忍不住暗笑。这是偏胖的中老年人或孕妇使用的物件,自己这是未老先衰?竹夫人横在床上,一点也不性感,像一个捕兽器。或许可以把灵魂放在里面,肉体放在外面,这样可以睡得更好。老谢康不断换女友,却抱怨没有一个女孩能给他爱情。雪隐对此从没说过自己的想法,也有羡慕和嫉妒,也有嘲笑和提醒,却也全都无关痛痒。最近发生的事让他意识到,今后要认真一点。如何认真没想好,自己可以自暴自弃,对别人不能不顾后果。不是胆小怕事,是免得惹麻烦。麻烦像一团烂泥,碰上后很难一次清理干净。雪隐哪里也不想去,等范与孟的父母从乡下回来,向他们道个歉,从此不再有瓜葛。他不想让小小的道德和小小的尊严时不时吹来一股轻悲的烟尘。

打开电脑,点开《机动都市阿尔法》。这是一款联机游戏,机甲变换和攻防设计都很新颖,既可和在线的陌生人角逐,也可约朋友上去对打。

沉浸在游戏中,世界从身旁飘过,很快不知去向。激情和专注超过做任何事。虚拟的城镇和战场在生活中从没见过,可他并不觉得陌生。在现实世界里,对每天走过的街道、河堤视而不见;在游戏中,也看不见精心绘制的城堡和村庄的细节。在现实世界里,只有眼睛和双脚;在虚拟世界里,只有眼睛和双手。既没感觉到肉身的沉重,也没意识到时光飞逝。

范与孟来电话问他好久到,他像被家长提醒不能再打游戏的孩子一样吓了一跳。范与孟要给他看的东西已发照片到他微信。雪隐看了看,似乎是一块铜板。上面有篆字印章,旁边以行草释文:恭则寿、水在山清、江清月近人、有恒心、春秋多佳日、古人我师、姚华。

似乎是古董。

范与孟说，这是一个民国时期的墨盒。

"姚华是谁？"

"一个进士，贵州人，当过北京女子师范大学校长，鲁迅、陈师曾、梅兰芳都对他有很高的评价。来嘛，来了慢慢聊。"

"我对这个不感兴趣。"

"这是谢康乐他爸收藏的。还有其他东西，你不想看看？"

雪隐觉得自己像个白痴，像要参加不情愿的相亲。他不得不去的原因不是谢爸爸的收藏被转卖到范与孟名下，而是范与孟说，为了招待雪隐，他从家里拿来两碗母亲做的凉虾，希望他能尝出当年的味道。雪隐对味道记忆一向不深，范与孟如此刻意让他不好拒绝。范与孟到楼下来接他，雪隐感觉有些不正常不真实。面相、身高，完全出乎他的预料。上中学时，范与孟结实又矮小，总是坐第一排，行动时像加满油的小摩托。现在，他比雪隐高出一把汤勺。面容清瘦，还有几分苍白，仿佛已是中年，走路有点摇晃，当他提起一只脚时，像一只麻雀准备从电线上起飞。

"光路，我们有十四年零两个月没见面了。"

"你的数学这么好？我记得你语文更好。"

"不是数学问题。"

范与孟用蜂蜜调凉虾，这是野菊花蜜，先是微苦，然后才是香甜。凉虾从冰箱里出来，冰凉爽滑。范与孟的动作和吃凉虾的碗勺，显示出他比同龄人精致，同时也是一种老气横秋。

房子很大，墙上挂满了画，桌子上堆满了画册和练习书画用的草纸。雪隐看画，就像山羊看日月星光，并非没见过，但心理距离比看一棵草一片叶子远十万八千里。

"你慢慢看，看看有喜欢的没有，送一幅给你。"

"我拿来干什么，我又不懂。"

雪隐扫了一眼，没打算全部看一遍，真的不懂。

"懂不懂一点也不重要，喜欢才是最重要的。"

"都很值钱吧。"

"也不一定。"

"微信上那个东西呢，值多少钱？"

范与孟从一堆草稿里把墨盒扒拉出来。

"行情好的时候两万三万，行情不好时五六千。"

雪隐把墨盒托在手里掂了掂，很沉，有股淡淡的铜绿味。

"你是怎么得到它的?我是说渠道。"

"喝什么茶?绿茶红茶?"

"冰红茶。"

"哈,这个我没有。我泡绿茶吧,要学会喝茶,茶是百草之王。"

范与孟鼓捣茶具时把两个假肢取下,说这样舒服些。看上去像从机器人身上拆下来的零部件。雪隐感到脚脖子凉了一下。有意不去看它们,它们却比房间里任何一样东西更具吸引力。他不看它们,它们却在看他,它们有一双极具杀伤力的眼睛。假肢让范与孟比一般人高。雪隐感到一种从未有过的怜悯。

"我从技校毕业后就去搞工程,"范与孟说,"我搞的是电力工程,有一天被高压电打得滚下来,醒来后两只脚没了。"

雪隐抑制不住想:这房子是赔偿金买的吧。

"我手下有个绘图工程师,有一天(哈,我好多事情都发生在有一天),这个工程师说有人卖字画,劝我把它买下来。我当时和你一样,什么也不懂,买这个干什么。工程师说范总,我不会害你,你一定要听我的。

他把我带去和出画的人见面。见面后听他们谈论字画的来历，感觉他说的人有点像谢康乐。我私下打听，还真是。这下我来了兴趣，叮嘱卖画的人，谢康乐出手的画我都要。那几年真有钱，出手也大方。买上瘾了，其他人的也买，不管真假，喜欢就买过来。等我收了满一屋子字画，检查工地时出事了。落了一把扳手，我想去把它捡起来，哪晓得有电。当时想死，想跳楼。有一天，我觉得老天另有安排，我才没去死。"

雪隐无话可说。这不像一个年轻人的故事。他像山羊突然对星星感兴趣一样看了一眼范与孟身后的对联，辨识了好一会儿才确信自己认出了所有的字：

余家曾藏有韩毅所书联其文即此今戏为书之
万事随心皆有味　一生知我不多人
丁巳秋月如莲老人并记

心里似有所动，却不知道因何而动。范与孟还在说，说给自己听，说给雪隐听，说给不在场的人听。雪隐的心思进进出出。范与孟说他装上假肢后，有段时间在南门桥练习走路,扶着栏杆走。不用扶栏杆后仍然喜欢去南门桥。走在桥上,想起许多年轻时的事情。不光和父亲捕过鱼,他还混在清淤队伍里捡到过一堆不值钱的东西。当时天很冷,大部分河底露出来,武警部队和有关部门一起清理淤泥,他还是个小屁孩,在大人腿间钻来钻去,一点不怕冷。父亲捕鱼被罚款,他冷落南明河好几年。

"搞工程后见过的山川河流多,觉得还是南明河好,与世无争,平和、安静、有条不紊。"

雪隐脑子里闪现的是雪涯桥。桥下的水遇到坑遇到坎照流不误,没人指责这么流下去道德与否,是对是错,自然而然的事情和人生完全是两回事。受到讹诈时,雪隐确实想不通,不过,他在桥上徘徊时并没有跳河的冲动,仅仅是一种体力消耗。

"茶泡好了,喝茶。"

雪隐看见桌子上有从翠微巷买来的瓜子,忍不住笑了起来。灵魂到这时才来到屋里,和他一起笑。调出手机里保存的句子问范与孟:

深院落花无客扫,空门掩月有谁敲。

"这是你写的?"
"我哪里写得出这么好的句子。"
晕倒的女子,讹住院费和精神赔偿,这一切是不是你安排的?雪隐几次想问,几次打消念头。当锃亮的假肢刺了他一下时,他决定再也不问。